U0486932

爱是岁月
的图腾

秦湄毳　著

青春的火车穿越初恋花雨
美丽的夏天
飘香的风
谁曾经路过你的心
艳遇是一滴露水
放弃最爱的人

电子科技大学出版社

图书在版编目（CIP）数据

爱是岁月的图腾 / 秦湄毳著 . —成都：电子科技大学出版社，2018.4（2021.1重印）
ISBN 978-7-5647-4573-8

Ⅰ . ①爱… Ⅱ . ①秦… Ⅲ . ①散文集—中国—当代 Ⅳ . ① I267

中国版本图书馆 CIP 数据核字（2017）第 124984 号

爱是岁月的图腾
AI SHI SUIYUE DE TUTENG
秦湄毳　著

策划编辑　杨仪玮
责任编辑　唐祖琴

出版发行　电子科技大学出版社
　　　　　成都市一环路东一段 159 号电子信息产业大厦　邮编　610051
主　　页　www.uestcp.com.cn
服务电话　028-83203399
邮购电话　028-83201495

印　　刷　三河市天润建兴印务有限公司
成品尺寸　155mm×230mm
印　　张　18
字　　数　230 千字
版　　次　2018 年 4 月第一版
印　　次　2021 年 1 月第二次印刷
书　　号　ISBN 978-7-5647-4573-8
定　　价　49.80 元

版权所有　侵权必究

初恋似雪
（代序）

秦湄毳

外面又是白茫茫的一片。

同样的曲调容易让人联想同一首歌。

那一年，也是这么样的白雪覆严了大地。摔了电话那端冰般美冰般冷的一句话，我大步走着。泪不觉流下来。

如今，好想换一支曲子，无奈心头总还飘落那年的雪花。

有脚步声自远而近走来，走来了，走来了，走到了我面前。

我好想看清楚，看清楚初恋的容颜，是否和传说得一样美丽逼人。

"揭下你的盖头来。"我绝望如水。

遥想雪花飘向大地那份执着，方悟初恋美丽的真谛。

初恋一步步走远，我就这样泪流满面，立在雪里。参透雪的容颜其实就是我初恋的容颜：那么美丽，我却不能揣在怀里……

目　录

第一辑

青春的火车穿越初恋花雨…………… 003

放弃最爱的人…………………… 007

第三眼美女……………………… 010

涉江采芙蓉……………………… 013

玉渊潭的樱花…………………… 016

别拿浪漫折腾生活……………… 019

他总是没有理…………………… 022

无言的鸽子……………………… 024

乘着歌声飞翔的雪人…………… 027

老男孩的春天…………………… 031

多伦多的苹果树………………… 035

第二辑

咱家那道君子菜…………………… 045

爱她，你就提醒她………………… 048

我和老公是哥们儿………………… 051

秦王为奴的幸福…………………… 054

春天来了想念谁…………………… 057

走西口的粽子……………………… 060

婚姻是示弱的地方………………… 062

种百合花的女人…………………… 065

大潘的爱…………………………… 069

飘香的风…………………………… 072

椰妹妹……………………………… 074

谁让"周围"迷了眼……………… 080

一条蓝纱巾………………………… 083

谁说我是败犬……………………… 086

末末离不起婚……………………… 089

学会跟生活讲和…………………… 092

第三辑

今生遇着你的爱…………………… 097

艳遇是一滴露水…………………… 100

谁曾经路过你的心………………… 103

秋水痕……………………………… 107

沾一点炊烟味……………………………… 111

爱情不能离太远…………………………… 114

最近的你最远的我………………………… 116

最珍贵的一无所有………………………… 118

爱你我才拒绝你…………………………… 121

心上一点春………………………………… 125

嫁个弱势男………………………………… 128

女神行走人间路…………………………… 131

男人的私房钱……………………………… 134

AA制怎么爱得透…………………………… 137

风中的雪莲花……………………………… 140

请你不要百度我…………………………… 144

花开如斯…………………………………… 149

歌唱一件往事……………………………… 152

谁是谁的谁………………………………… 155

第四辑

在你的青春里，看望我的青春…………… 161

祝福哥哥…………………………………… 166

美丽的夏天………………………………… 170

一双纤手为你做…………………………… 173

土豆花的爱情……………………………… 175

俄贤岭上的明月光………………………… 181

看一眼桃花，美了醉了…………………… 187

戴玫瑰花的女人…………………………… 189

用谁的名字买房…………………………… 192

送你一枚圣诞果…………………………… 195

爱情补仓…………………………………… 198

蚂蚁上树…………………………………… 201

你是我的玫瑰花…………………………… 204

指尖上的芭蕾……………………………… 207

第五辑

初恋是青春的图腾………………………… 217

千花一瓣是灰姑娘的厨房………………… 224

桃子甜，云朵白…………………………… 228

忍耐是一朵依米花………………………… 231

青春是一粒话梅糖………………………… 240

幸福的女人糊涂涂………………………… 251

皇帝的咖啡………………………………… 254

抹布女的魔布……………………………… 258

谁比谁更深情……………………………… 261

你是我的电光石火………………………… 264

白云深处的驴子…………………………… 268

走过岁月的莲花…………………………… 271

爱是岁月的图腾…………………………… 275

美好结局（代跋）………………………… 279

清晰地记得,主持的中文系诗歌朗诵会上,一个女孩子大声地朗诵她的诗歌《你如果爱我就坐着火车来》。

如今想来,那是青春的诗,也是岁月的歌。

"你是一座雪人,融化在我心里。"

第一辑

青春的火车穿越初恋花雨

清晰地记得,我主持的中文系诗歌朗诵会上,一个女孩子大声地朗诵她的诗歌《你如果爱我就坐着火车来》。

如今想来,那是青春的诗,也是岁月的歌。

因为喜欢雨我才到省内的信阳去读书,可去了才知道那里的雨连绵不断,令我的青春和同室的女孩儿睡不着。

青春过去,四年的大学生活里的忧欢历历在目,隐隐的青山无声里含着深情,述说过往的一切。车窗里在红尘又颠簸几年的我的心剥落尘埃,唏嘘不已。

车过信阳,我在车窗内怀想,我在铺位上张望——

贤山浉水都还是老模样,矮矮的茶树,挺拔的翠竹,美丽的鸡公山依然一尘不染。笑声朗朗的南湾水波呢,也还是白浪朵朵,该是在小学妹小学弟的眼眸里荡漾着了吧。想起校园里的蔷薇花墙,我和蓝曾经去窃花装点我们的306室。也记得小女孩使劲的摔门声成为拒绝的诗句上了《远方》,如今回想还为当初那种无知难堪。校园的石阶路是我最爱的记忆,是它演绎了青青岁月里长了又长的求知友情和初恋。沿着它四年里我匆匆行于宿舍、教室、阅览室、教师宅、教授邸之间，有时毕恭毕敬抱着论文，有时一脸求索拎着书本，遇有人问，则曰："联系业务去呢！"曾和学友在槐树花的清香里反复策划《方舟》组稿排版忙不停；也曾夜深和芳在楼道里窃窃私语，把在雨中巡视的守卫员吓得直叫；还曾一口气爬上总算没人的六楼惶惶然展读北佬的来信，失了矜态，日日都问："有我的信吗？"不去吃饭踩着方凳趴在高高的床上复信。

和大家一起野炊燎了头发。微雨中寻访何景明墓被人看走心事"怒不可遏"……车过信阳，发现这一切早已成追忆。

如果爱我就坐着火车来，在信阳许多个女孩子的男朋友都曾坐着火车来到谭山包，好多不止一次。我喜欢极了这种氛围，接车和送行，尤其是一次次把车票几小时几小时地往后改，那种缠绵那副柔肠真的动人，经历以后才知，如此小儿女姿态，动起真格一世一回足矣。记得初恋记得你。记得初恋里的琳小鸟依人再也不会自己打开水；俨然女汉子的芳总是被不知从哪里冒出来的口哨声把魂儿唤走然后也把人唤走；情深处的静总是张着一双美丽的大眼睛遥望窗外遥念绿城；亲爱的室长最盼望的是黄昏后，她的信笺如蝶扑入情深深雨蒙蒙的情怀；可爱的熙干脆织了一件缀满"MISS"的毛衣；蓝与青窃窃私语，把一腔青春的迷惘低诉在黑夜里酣睡着的床头，起夜的姐妹也会被她们激情的话语打动……初恋的美丽如昙花绽放，一瞬便是永恒，而香味幽幽弥漫长长一生。

车过信阳往事翻涌，一种平淡的无奈涨充着心口，我无法让自己平静得没有声息。青春的亮丽种种黯然片片，似褪色的大红大紫，浪花般奔卷而来，欣然拍打我木讷的心岸，似埋藏愈久示人更惊艳的宝石，悠然击点我每一个懒得回忆的脉穴。青春麾下，我的爱如石子，在心深处成就贝生珠的传奇。收住视线，不再让过往搅扰眼前，让车窗外青山绿水依旧，趴在白白的铺位上静静聆听空气中流淌着的一首歌曲，《诺言》。

没有谁负谁，没有谁弃谁，我只知道了，月本无古今，情缘自浅深。爱是真的爱，你的热烈，我的迷惘，我说"不懂自己了"，你说"怪我联想不丰富"。信笺如田，情丝如垄，悉心耕耘，一段情还是灰飞在相错而过的红尘绿水间。多年后，我终于有勇气回信阳，看贤山，赏浉水，也终于大度对你说"母校很漂亮，还是回去看看吧"，你迅疾打来电话，听我讲述南湾水贤山阁依然的容颜，天空有"美丽的小鸟"在自由飞翔……你只悄声回"昨天的谜语猜对了"。至此，你我均无憾，"爱过已好"……感谢让我们成长的城和青春，有雨下进青春里，润泽了时光和岁月。

花安详地绽放在每一方土地，雨轻轻地飘洒在每一个站台，信阳火车站还是老样子，熟悉的信阳腔飘进了耳朵，我一下子又嗅到了阳光下接车和送行的天空里的情味。

车过信阳，我听见小女孩大声地朗诵《你如果爱我就坐着火车来》，我也听见有清纯的声音轻轻地吟读"拈起你唇边那串亮晶晶的笑容，轻叩你无眠的月亮小窗"……

车过信阳，我发现信阳站是我长长行程之中一小站。我对它的感觉是有些别样，可也没有遥想更多不同。在我心里信阳和其他我经历过的地方各有千秋。我偏爱它，可不至于一生都要忍泪回眸，笙是碎在这里，因此而停止吹奏也太狭隘了。

青春的列车走远，岁月的歌声犹在。我还在列车上，初恋孑然独行，在雨伞飘动的紫丁香的巷，在木棉红硕的花朵和橡树高大浓密的枝叶间，在我一声声说"我要以树的形象和你站在一起"，在你一遍遍叮咛"静静地不要说，你看那条风景线"……

风景如画，青春华艳。你是那橡树，高大；我是那木棉，红硕。你我，不在一起，各自站在各自的站口，各自牵手各有等候。

哗啦啦的列车从你我身旁呼啸而过——你如果爱我就坐着火车来——爱的火车，开向岁月深处，或安静地蹉跎，或花开成锦……

你我在——你在、我在的地方，等候，离去，奔赴你的、我的，不一样的列车方向。"呜——轰隆隆——"，鸣笛如花雨如长风，穿越青春。

放弃最爱的人

男人娶了最爱的人，常常会失望；女人嫁了最爱的人，总是会很累。

所以，即使男人可以娶他最爱的女人，女人却不要嫁自己最爱的人。

沈从文娶了最爱的女人，却在婚后颇多猜忌，婚姻的疼、俗世的痛似乎多了一份，并非那一札札致张兆和的情书那样轻灵飘逸。也许，是凡俗的日子使然，但这里却也可以借来支撑一下不娶最爱的"谬论"。最爱最在意，在意了就禁不得一点风吹草动，不能安然，哪能美满？

林语堂不娶最爱的女人，也是不能够娶，却过得平和安稳，又落得红颜知己，一世传奇的一份情，以至最爱的那女人，死后也要葬在他途经的路边。谁比谁更痴情？

而那最爱他的女子，拥有一份俗世的婚姻，也多了一份期盼和慰藉，以致死去还要浪漫一回，她以为他会在每次途中驻足，也许，她一生颇多自我纠缠和不能释然，可知不知呢？如果嫁了最爱，更是沉重，抑或，还有烦闷。同一事，同一情，她对他的操心和把持，会远甚对待丈夫的轻松，心弦紧绷，只因爱的分量重，付出也更沉，伤心自深重。

女作家白薇，一意专执追将去，纠缠于她最爱的杨骚弟的一言一失，滥缠紧撑，二十多年，一刻不缓，荒废了一世才华，痴迷于自我的最爱里，始终自伤，落得形神憔悴，情绪糟透，脾气也坏到极点。枉然无语的心意，枉费心机的计较，损心耗神，早早累及身体，咯血写作，情了，也得了，不能，也得断。屈了才，伤了体，淹得情殇人比黄花瘦，爱天爱海空也茫。

一位我的文友，九曲回肠的初恋过后，她顺利成家结婚，谈及以往，她说，幸亏没嫁那最爱的人，不然，我有多累！每一个操心，都是超常的爱，都是千份万份增重，这多好，对丈夫喜欢，也爱，一般的，正常的爱，也惦记，不至于，等不到，见不得，就遂死不得活似的。想当年，相思苦，一刻不见，如隔三秋。如果嫁了那最爱的人，一双纤手，必是为他做到最精最细最极致，一颗最爱的心，必是万万地一丝不苟为他经纬再经纬，一颗心真的要操碎成屑，一双眸，时时为他守，为他候，为他注目，时时不分，一瞬不瞬，一定会把他看得熔化掉，他没了存放氧气的空间，必是活不成……最爱的那人，他说我一个不字，我必是不得活，他若把目光转到别处，我亦是活不得……

还是，现在这样好，我和丈夫，相亲也相惜，偶尔吵吵架，甚至于该出手时也出手，很筋道的感情，正常过日子，我有隐私，他也有自己的私房情感，不影响家庭，各自都多一个支点，生活的平面，更加稳固。

最爱，也许就如同，手心里握沙子，用力的大小，相当于爱的程度，紧紧握，握得不留缝隙，必是最爱，却存不得沙子，它会都掉落地上；若是不用力，或用力太小太少，它也会掉落地上，如同不爱或者爱得太少。所以，女人不嫁最爱的，找个喜欢的正常爱，正常用力握沙子，沙子就抓得牢，日子便过得稳；男人也这样，不娶最爱的那女人，便为她少分神，少吃醋，不计较，心舒畅，天天上"早朝"理事，时时可"升堂"问政，正常地奔赴事业，女人和家便在身上系得更牢靠。

放弃最爱的人，你就远离了情绪的激流、情感的险滩，姗姗来临的是波澜不惊的春和景明，是平静的生活与平淡的幸福所特有的方式和节奏。

有得就有失，有利则有敝，大自然的法则使然，你放弃了最爱，就会有另一份平淡平和平静的心绪和情事补偿给你，是补偿也罢，是"除却巫山不是云"的安然，也是"天涯何处无芳草"的辽阔，你的生活自是一段"大漠孤烟直"的淡定，更是一曲"山随平野阔"的旷达。这样的生活不是美玉无瑕，不是软软易断的足金，称它是美丽两全的"金镶玉"如何？

放弃最爱的人，和亲爱的人"隔"一点，不必粘得如胶漆，留出空间，世情的春风浩荡而过，婚姻在通达中成长如树，开花，挂果，圈圈年轮，岁月蜿蜒，日子连绵里，幸福成歌。

婚姻专家调查研究表明，每个月有两次分离，单独与朋友外出，有利于婚姻稳定。不用思量，也是隔的力量，爱的淡化，使爱的发条无形加强。放弃最爱的人，有什么不好吗？是了，有一份遗憾，否则呢，遗憾更深，一世只爱了一个人，而且爱得支离。不信，你试试。

第三眼美女

美女就美女嘛,还论第几眼?

第一眼看去,是美女,那是真貌美。不过,也不尽然,有时候,你看到的是怪异——怪异的衣服,怪异的表情,第一眼,吸引了你。那些统称为"第一眼美女",反正在人群里黏了你视线。第一眼美女,是云霞,是花朵,美在表。

第二眼美女嘛,就是第一眼看去,看不到她,她淹没在人群里头,第二眼看去,发现了她,她如璞玉,未加雕琢,不打眼,但细看去,耐品味。有价值,有品位,气质好,形优雅,如有彩虹照在她的身上绽光华,是第二眼美女。第二眼美女,美在里。

还有第三眼美女呢,就是人群里头,看是看不到,找也找不出来,只能遇了。遇到的自然鱼龙混杂,鱼龙混杂里头,那让你弃之不舍的,就是所谓"第三眼美女"了。你想,这世上,谁还有三只眼不成?第三只眼,是心,心上看到的美女,是第三眼美女。第三眼美女,美在魂魄,美在骨髓,那是一种通透的精神丽质。对了,第三只眼,是天眼,打开天眼,发现第三眼美女,这样的男人,也是要有功夫的。所以,第三眼美女,非一般的男人所能拥有，她的秀色，于识得者是秀，是金玉，是奇葩；于不能识者，是烂石，是草根。只是，她与碎石和草芥，终是不同，它们懵懂，而她明白。

第三眼美女，其貌不扬，却能令日子风生水起，这是她的妙手所调；令男人轩昂又温驯，这是她一片女人心的浸染；令儿女端慧又秀逸，这是她做派与风范的引领；她自己呢，因了幸福自足才美丽的眼神，淡定安宁。

第三眼美女，真的是个宝，贤妻、良母、慧女儿、孝媳妇、善婆婆，是百读不厌的教科书，不拘泥，不时尚，却也是经典。

说白了，第三眼美女，形貌一般，也许不佳；气质一般，也许较差。只是她心地柔软良善，心性聪慧灵异，外拙内极秀，形丑骨芬芳，不张扬，很平和，心清如水，慧在无形。她的快乐理由你不知道，她的幸福自足你能看到，因其处于下，也因其善处于下，所以，收获收藏收存了人心的美丽和美好，这不经意间，成全了她的幸福和美丽。

第三眼美女可遇不可求，她的境遇使然，她的美丽于是也是"踏破铁鞋无觅处，得来全不费功夫"，随缘随意，偶然里又含着必然。决定她的是你——你有一双什么样的眼睛？探寻第一眼美女、第二眼美女还是第三眼美女，还看你心的定性。第三眼美女，不具诱惑力，但吸引力粘黏性，是强的。不过也要看你自己是什么材质。

妻贤夫祸少，是第三眼美女的践行；家和万事兴，是第三眼美女的操劳；儿女孝报家国，是第三眼美女的作为；走进人群寻不见，是第三眼美女的姿态……

男人，大多数，是暗恋了第一眼美女，追求了第二眼美女，娶回家的是跟他一样占了大多数的第三眼美女。做了他的妻，他才知道，第三眼美女里也是异彩纷呈的——日子摊开,男人便知自己的眼力——你的妻,她可合你的胃顺你的脾?如果不合,怪谁哩?不是有言"橘生淮南则为橘,生于淮北则为枳",第三眼美女亦如橘。这么说,男人们不要不乐意,你在第三眼美女那里,亦如橘呢。

第三眼美女,矮在尘埃里,在尘埃里安详地开出自己的花。

涉江采芙蓉

谁种白莲花，莲心澈底红，吹梦到西洲……

又是一季荷花红，最忆江南采莲处；江南采莲处，长忆青春少年时。

那时的红荷啊，开满了谭山包；那时的青春，如一朵一朵红荷，漫山遍野都是。一个一个台阶，一丛一丛绿树，山风里，细雨中，撑着伞的，漫步缓行的，疾步快走的——这样的那样的学子，哪个不是一朵青翠粲然的红莲花、白莲花呢！

记得那时同寝室的青，如荷花一般清澈美好的女孩，在每一个夏日会回到校园代替外地的我们看荷花，给同寝室的每个姐妹写信，精心地在信封里放一片荷叶、一瓣荷花、一缕荷香……

喜欢那句"涉江采芙蓉"，不单是因琼瑶小说里那个叫作雨农的男主人公，更因为，当时的校园，俨然是一座硕大的荷塘，人来人往的青春里，课堂里，哪个都是芙蓉，哪个也都在涉江，在采芙蓉，有的采的是人，有的采的是学问。采人当芙蓉的，当然是那些俊男靓女，"你一笑而过，偷走我的心"，哦，采走的是一颗心，男心、女心、男儿梦、少女梦；涉进学术的大江，向老师向学友采的芙蓉，自然就是业务和学问了。

匆匆忙忙，课堂、宿舍、讲台、小路、图书室、阅览室、操场上、丛林中，江有多条，芙蓉有多样多种，采什么，采哪朵，看你的心愿与追寻了。

一个个小女生，是一朵芙蓉花，有人来采是当然，有采者众的，芙蓉也不稀罕，允与不允，允东还是允西，要看芙蓉花的心意了。小女生同时也是学之江的跋涉者，有人涉深，有人步浅。有学术型，要事业；有生活型，要生活；有要强的汉子女，巾帼不让须眉；亦多温柔的猫咪女，你是树，我是藤；还有要事业也要家庭，要以一棵木棉的形象和你站在一起……各花入各眼，哪个都美丽美好，即使粗糙的荷梗，也粗糙得华丽，况且，哪枝不是含着花苞？

小男生一条条，是涉江的汉子，是小英雄大男人，要学问，也要爱情，一手江山，一手美人，学习生活双丰收。还有因芙蓉好看，采摘不易的，也有不看芙蓉只涉江的——向芙蓉更深处漫溯——其时，芙蓉早已向脸两边开，开着，一朵一朵，学问的花，情意的朵……荷塘的花开了，校园是荷塘，学子是荷花，开了，这样，那样，这种，那种，那缤纷，那斑斓……

青春是条江，涉江采芙蓉，采爱情，采学问，采那江南的烟雨，采那迷人的天青色……

我在等你，天青色等烟雨，而我在等你。

"你"——是人，是物，是物是人非的岁月和记忆，犹新。

一曲一曲采莲的歌、涉江的曲……青春逝去，它、他、她，依然在梦里，在恍惚的惦念和不曾游远的情深处。

一朵一朵的红莲，一朵一朵的白莲，一朵一朵的睡莲，一朵一朵的云朵如莲，莲如云朵。夏日池塘，你美丽盛开，我的青春重临心头。"落日清江里，荆歌艳楚腰。""粉光花色叶中开，荷气衣香水上来。"根是泥中玉，捧出碧波心……是青春难忘的句子，是岁月消弭不了的想念。

念着那一塘荷，开满了花，而我不能再回去。你已远离，却息在心深处。曾经的红艳与芬芳，如昨，长长地飘，红飘带、洁白的飘带，缠绕住青春的日子。

涉江采芙蓉，所思在远道，长路漫浩浩。如今我们度过青春，站在岁月的远道，思当年之所思，似有忧伤。

那荷花举在水面的日子里，那灿烂阳光喷喷香……

芙蓉向脸两边开，拈着此时夏日的凉风，站在回忆的阅览室里，我醉成一座芙蓉源，一坨坨芬芳，散如一缕缕歌，悄悄踩踏心上。闻歌始觉有人来。

那初次涉江的青春……

玉渊潭的樱花

玉渊潭的樱花开了，很美丽。紫嫣想起年轻的时候，有一场考试，在这附近，她没有来，是因为，她明知道那是一场不属于她的考试。

紫嫣后来把考场定在了西安，以为那样是合适她的。其实呢，也不然。

那一年里，紫嫣没了父亲，初恋成为"暗恋"——暗无天日的恋。只剩一颗虚脱的心灵，她的尘世里，没有春天。

误打误撞中，她把电话打进一个号码，接电话的人，介绍了她想听的专业情况——紫嫣想给自己一个事由，年轻的她盲目地想做点事情，找不到其他出口的情况下，开始跟着同学一起考试，她用一个号码，打探新闻学院的专业信息。

恰巧，"玉渊潭的樱花"在接听——紫嫣称他为"玉渊潭的樱花"，那么机警那么美，如樱花。他说如此如此，说跟紫嫣是老乡。她说："我是山东的，你是哪里的？"他说："我是河南，河南山东当然是老乡。"

紫嫣想，哪里跟哪里呀，两个省了。揣着满腹的前尘往事，令她懒得与他"计较"——老乡就老乡吧，我只愿意获取我的信息。他说得详细，还讲了自己的事情,他鼓励紫嫣:"我就是中文系的,照样考全英文的采访专业。"

撂电话的时候,他说,他帮她邮寄资料,帮她报名好了。她犹豫着,留了地址,忍不住问:"你不是这里的学生吗,怎么在这里接电话?"他不情愿地回答:"缘分吧,正巧来办事情。"

他邮寄给她往年的试卷,她邮寄给他介绍信、照片等报名资料,他为她报了名,按她意见选择考场,又邮寄给她政治的复习资料、信,明信片上面粘着真实的草籽和樱花。

紫嫣回了一张明信片,只说,自己很笨,不能存任何希望,云云。

樱花瓣的旁边,明信卡片上是流利的英文,还有扭成麻花似的英文缩写,卷曲着的字母刺痛紫嫣的眼睛,她看着,明白那隐含的信息。

她看懂那扭来扭去的字母的暗语。前一场暗无天日的恋,让她满眼晦涩,对着那用了心思的贺年卡,又鄙夷,又同情。同时,她更加鄙夷和同情的,是自己的无奈与泥泞满怀。

去西安的时候,她又大病一场。紫嫣有点恶毒地对付自己,大雪天,雪花恰似樱花落,她愣是扒上去西安的火车。适值年关,还是站票,她这样百般蹂躏自己的灵魂和血肉。到了西安,她疼痛锥心,右脸肿得像是大面包,牙龈溃烂了发炎了。睡在一张便宜的招待所的电热毯上,紫嫣又开始高烧,高烧,轰轰烈烈地发高烧。她这样去考试,考到最后,她也不知道自己答的是什么。她就是要这么透彻地折磨自己,酣畅淋漓地跟自己过不去,否则,活着就没有意义。

不知道从那场考试里,紫嫣到底透析出来了什么,只是,当她返回到山东的家时,身体不发烧了,牙龈不发炎了,脸也不肿胀了——她的病痊愈了。

此时，紫嫣终于知道，心口的伤，也痊愈了，如那肿的脸、烂的牙龈、高烧的灵魂——她知道，那场考试，她用它糟践自己，也用它治疗了自己。

那个电话，那半个老乡，那卡片，那扭转变形的字母，那场考试挽救了她。

多年之后的春天，紫嫣可以畅意地嫣然一笑，一笑，一笑一嫣然的时候，她看樱花不去富士山，她就去玉渊潭。

春风一回眸里，紫嫣嫣然一笑，有什么顺着春风的缝隙一闪，闪过樱花的眼——是那年玉渊潭的那一场考试吧。它给了他和自己尊严和端庄。那是一朵不属于彼此的樱花。

岁月深处，如星星，如淡雨，花苞里，有一缕纯白纤净的感谢。春风吹又生，玉渊潭的樱花，那么美……

别拿浪漫折腾生活

小悦一早就在盼望情人节。

她给丈夫吩咐好了，到那天要多安排节目，送花，买巧克力，吃情人套餐，喝千岛玫瑰茶，另外，小悦又给丈夫留了自由空间——要求他自备"才艺表演"。

从听到作业，大河就开始绞脑汁刮肠子，无奈自己确实不具浪漫细胞，眼瞅着情人节又一步一摇晃地来到眼前了，大河的才艺表演还没有编排好。

大河闷着头走在路上，心里说，都怪自己当初看上小悦浪漫可人，现在倒好，成了浪漫烦人了。

突然，他停了下来，一直闷头走路的他，发现脚下一大堆小蚂蚁。莫非蚂蚁也要过情人节了？大河弯腰观察，噢，原来是半拉贴着蜂蜜标签的玻璃瓶子。

大河好脾气地看了一会儿，带着微笑走过去。大河走了好远，回头望了一下，突然他的脑子里亮了一下。

大河猛地快跑起来，跑到那堆蚂蚁跟前，连玻璃碴子一起捧起来，兴冲冲地把它们秘藏到办公桌的底层抽屉里，还新买了一瓶蜂蜜，挖出一疙瘩给蚂蚁们吞食。

迎着夕阳，大河脸色明亮地走出办公室，踱回家去。见小悦正在厨房做饭，大河气定神闲地说："明天的节目排练好啦！"小悦小狐狸一样的眼光朝丈夫闪了闪，并不作声。

第二天一早，大河送儿子上幼儿园，订花，上班，订午餐，取花，买巧克力，接小悦，献花，献巧克力，吃情人套餐。好在中午儿子在幼儿园不用接，餐后就是下午了，大河就又送老婆上班。当然，残花、剩巧克力也归他提溜着，嫌不好意思，送罢小悦他又赶紧转了弯，把这些运送回家里，然后自己再匆匆地去上班。单位并不忙，情人节是办公室姑娘小伙的好谈资，大河不多言，他感到自己上半天折腾得挺累，可还是上了发条一样开始计划晚上的事宜。

下班，接孩子，接小悦，一起去烛光晚宴，喝千岛玫瑰茶，小悦沉沉静静地，仿佛回到了清纯的小姑娘时代，以至于儿子打翻了茶碗，她都无声地拿纸巾轻轻擦拭了就罢。

终于一家人静悄悄地走到街道上了，眼看快到家了，大河感到小悦的表情有点不是静悄悄的了。大河心知肚明，但是假装没看见，因为他中午回家的时候已经把才艺展现在墙壁上。

大河牵着儿子故意落在后面，小悦开门开灯，看到客厅那面干净的墙面上，有一行黑黑的字，歪歪扭扭的，仔细一看，居然还在动！——啊，是蚂蚁！它们扭动着腰肢排成三个字：我爱你。

小悦眼睫一颤，是惊讶！心里也一颤，是惊吓！

当了一天小仙女的她终于又喜又怨地尖声叫起来："谁教你用蚂蚁说'我爱你'的！这么多蚂蚁可怎么弄出去啊？"小悦拿起了扫把，大河也跟着行动起来。

儿子眼睛没神，已在打瞌睡了，可还不能安排儿子洗漱——扫出去的蚂蚁又开始往回爬。小悦又急又无奈，却不好抱怨，竟然憋出眼泪来："把你的蜂蜜拿来！"

"你想干什么？"看着小悦用刷子淡淡地蘸蜂蜜往地上刷，往门外刷，大河倦倦地笑了，"悦啊，'我爱你'不能写门外，外面只能写'浪漫'，啊？"

小悦扑哧也笑："往外面刷'折腾'，把折腾关门外。"看着蚂蚁纷纷往外爬，一家人累累地去睡。"悦啊，可别再拿浪漫折腾咱的生活啦！"

他总是没有理

不知从哪一天起,她发现,他总是没有理。

他去幼儿园接孩子,忘记把被褥拿回来晾晒,她把他数落一顿,他不吭声,答:"喏,喏。"

他去买青菜,她怪他,菜都出苔了,像是柴火了,还能吃?他也不反驳。他起来拿了这么老的老青菜,要炒了吃,她夺了下来:"不能吃的,当柴火烧吧!"直接扔进垃圾篓了。他好脾气地笑一笑。

他做的菜,她总要说不好吃,不是咸就是淡,反正没有正好的时候。

挨吵的总是他,没理的总是他。

几十年也便这么过了,孩子们长大了,说:"老爸,你怎么这么窝囊?被老妈吵了一辈子,不得翻身啊!"他却笑了:"你妈那是对我好。"孩子们笑着说:"老爸是奴才命。"她听到了:"你爸是奴才命,他咋是厂长,我咋是清洁工?"是了,老爸是厂长,老妈是厂里办公大楼里的保洁员。

一辈子也就这样过来了,他在外面当领导,她在家里当领导。他在外面还要多多地隐忍,她在家里,却从来都是张口就来,数落他,训斥他——反正,他总是没有理,他也说了,谁让咱没有理,他从来也都认为自己没有理。

事实上呢,有时候,他真的没有理:他做饭掌握不住火候,他买菜分不清哪个更新鲜,他洗的衣服也不够干净……可有的时候,明明他也可以解释一番,分辩几句,甚至理论个结果,可他从来不。他只说,她是辛苦的;他只说,她是为了他好,为了家好。

时光在摇摇椅里晃的时候,两人都离休了,儿孙都大了,空的屋子里只有老两口,她还会吼他两句。没有了乱蓬蓬一家子大人孩子们的"背景音乐",有一天,她发现,她苍白地发现,自己的脾气耍得那么苍白。没有道理的是谁呢?

她说:"老伴啊,你一辈子都没理,我一辈子都有理,是吗?"

他依然答:"那是,那是,你有理,你是常有理。"

两个人看电视,他看新闻,她吵他:"都离休的人了,看那做什么!"她把台调到婆婆妈妈的频道,看着两个老头老太太吵得热火朝天,她来了劲头,他也没事跟着瞄。

最终,电视里的老头把老太太驳斥得哑口无言,老头占了理,胜利微笑。她撇撇嘴巴,瞅着他:"你也想跟他一样,把我也给打败啊?"

他乐了,指着电视里那老头:"他有理了,可他无情啊,他就不想想他老伴对他的好!"

"唉!"她叹了一口气,"敢情你不给我吵,是你有情义,那我呢,我总有理就是总无情了?"

他说:"你不吵才真是无情哩!"

她先他离世,临终给他说:"你留下清静清静耳根子吧。"他却摇头:"老婆子,别这么无情……"

无言的鸽子

无言的鸽子无言地飞走了,我无言的心情更难以表达,在每一个欢乐明媚的春秋冬夏。

我无法忘记,更难以释怀,因为飞走的哪里仅仅是鸽子,它分明是我青春岁月里的一种感动,是我生命历程中的一份美丽。

鸽子是朋友送的一份生日礼物。在如花的五月里,鸽子是成双地送来的,来时羽毛闪着油光;鸽子是就剩一只飞走的,走时只有一条腿,也在如花的五月里。

一对美丽的小鸽子,怡然走在阳光下,欢乐漫步和风里,就像朋友的关心和爱围绕在我身边。看着它们慢慢长大相依相偎一鸣一和,在庭院里昂着精致的小脑袋,迈着细巧的脚步,清亮的眼神轻轻闪烁,我心中的喜悦像照耀着它们的朝霞夕阳一般流光溢彩。可是,我怎么如此疏忽大意,在夏日暴雨倾盆狂风大作的子夜,忘了大场院里有兽影徘徊。

清晨如洗的阳光照在床头的时候,妈妈带着惊恐的声音叫醒我:"快去看看你的宝贝鸽子!"

我看到的是无声的战场,硝烟已散去,妈妈辨认着说,横着的是公鸽子的尸体，没了双脚双腿。缺了一条腿的母鸽子独立一隅，以平淡宁静的眼光望着我，一副如止水的神情。妈妈红了眼圈回避真情，我没有掉泪，心疼得吱吱作响，怎么都抬不起头。我一直蹲着懦懦地捡拾染血的羽毛，察看无气息的鸽子的身体，看它的伤。伤径直传入我心深处，我的眼寒得一丝一丝冒着冷气，我觉得旁边的梅豆架也生疼生疼的。想象昨夜该是怎样的惊心动魄，也想着鸽子和人一样……

我葬了死去的公鸽子，和着血的羽毛以及母鸽子的一条腿，轻捧着母鸽子进屋，把消炎片研成粉末敷在它血肉全露的腿根部，连敷三层血才不再往外洇。鸽子如豆的黑眼睛望我，很空的表情里什么都有又什么都无，它望着我，就这样无风无雨地望着我。几个世纪过去了，我的泪水开始往下流。鸽子望着我，依然无声息，淡淡的雾一般静悄悄。善良的鸽子呵，它依然美丽，就如同看过罪恶大街的人儿依然纯真善良，我热爱这样的美丽这样的灵魂。

我心疼着我的鸽子，同时更思念着我远走异国的朋友，想他高飞的志向是否也罹难了，其实不经意间发现，罹难了的是我的忧郁。

劫难之后鸽子心有余悸，一闪门，重伤着的它一下飞走了。一连七天，伤鸽丢了。再下雨的时候，我总想着它的伤会不会感染。妈妈不敢念叨，但总不停地看天空。

"小若！你的鸽子回来了！咱家的断腿鸽子回来了！"一日，妈妈叫着我，惊喜已极，趔趄地冲到我的书桌前，"快！拿玉米！"妈妈没有停，立即去喂它……夏叶秋花冬雪，一只腿的鸽子成了全家的焦点和牵念，谁回来都先打开院门看看它，看看它平平和唱大风的样子。

眨眼春又至，全家出游，妈妈和我放了许多玉米在院里。全家人快乐地玩了一星期，回家马上察看："噢，鸽子没回来，玉米还多呢！"天黑了鸽子也不回来，一连几天，我们期待着它像前一次一样重返，然而它再也没回。

　　一个周日，在邮电大楼顶上，我看见一只独腿鸽子，小小的身影浸着金色晚霞显出美轮美奂的神采。我惊喜地叫道："是我的鸽子，我的鸽子！"我知道它活得好好的，够了。即便它不是我的那只，我也释然。它已无言向我昭示：生命不息，飞翔不止。所有鸽子所有生命所有灵魂，即便已残缺，即使遭重创，亦皆如是。缺角的风、少页的雨，折翅的憧憬、断肠的梦……哪一样停止过它追寻的脚步？自人类有史以来，可有英雄身上没血痕？可有壮士心上无伤口？可有豪杰衷肠不撕损？可有好汉胸襟未扯裂？可有凡者无忧庸者无烦？可有智者无困愚者无扰？有太阳旁边无云翳，晴空里面不飘雨吗？……生命不息，飞翔不止，是生者对生命的诠释，是大自然的主旨，是天地之间极优美的旋律。

　　无言的鸽子无言地飞走了，我的朋友终是无告而别。许久之后看到他署名的一篇文章，我看了又看；妹妹看着我，也看了又看，拈笔为我写下："报上的黑纱紧紧挽住我的视线……你曾经点燃过我潮湿的心。"我安详如鸽子的眼眸无言地穿越小妹的诗行，想起我透亮的爱情、华美的青春，清清的岁月里有我淡泊的灵魂所坚持的朴素的真理……

　　生命里，我有一只鸽子飞走了；生命里，什么东西随着鸽子也走了；生命里，我有一颗心也是一只无言的鸽子。历史和世界往往也是一只无言的鸽子，无言的鸽子无言地演绎了这个美丽的世界，支撑着世界上天天都星星亮太阳红。

　　无言的鸽子无言地飞走了，天空中没有痕迹，岁月依然平和唱大风。

乘着歌声飞翔的雪人

一

"你是一座雪人，融化在我心里。"

多少年之后，苹儿依然记得她大学时收到的一封信里，只写了这样一句话。

当时读大学，正处于热恋中的她，未思量就随手把信丢进春风里。只这句话，却无意中被她记在心里。毕业之后，苹儿与大学时热恋的男友各奔东西，充满忧郁的她，在一个静寂的午后，突然想起这封信，这句话——此时像是一首诗，暗喻了青春和初恋。

袅袅娜娜的思绪里，她恍然记起——当年在县城中学，借读在外婆家的她，纤细孤寂的背影上，总有一双双追随的眼睛。她习惯了被这些乡下来上学的同学们追新鲜一样追随欣赏，他们的目光，她只淡淡相迎，不愠亦不喜。

二

苹儿所在的班级、年级，乃至县城这所学校——这里面的人们，老师和学生，都知道，这所学校有一个苹儿——她是城市里来读书的女孩子，长得漂亮，学习又优秀，只是她不与人来往，也不跟谁多说哪怕一句话。

多少次，多少双眼睛的关注下，她走向县城西关的外婆家，沿着那条乡间小径，她纤细单薄的身影融进晚霞里，或者还有哪双含了晚霞的眼眸，依依不舍地收回目光，转身跑回自己家的方向。

她甚至是乡下孩子们议论的对象。女孩子会说她的衣服、裤子、鞋；画图画的老师，专门把苹儿叫到近前，仔细研究她灯芯绒上衣上绣的那小鹅和花草，为的是在课堂上教给学生们画……

来到学校，教室没开门，她就把书本放在门前的台阶上，去操场上跑一圈，而每次回来，她的书本，就会被完好地转移到教室里她自己的书桌抽屉里。有一学期，她连续两次考试都考砸了，她缓不过劲来，伤心得掉眼泪，擤鼻涕的时候，发现要用的草稿纸上，谁写了一句"逆境者的美德是坚韧"……

一天，下了厚厚的大雪，太阳出来了，苹儿早早到校，进行她每天唯一的娱乐——到学校操场上跑两圈。

跟往常一样，她早早到学校，在教室门口掸掸雪，放好书本，去跑步。

跟往常不一样的是，雪后的操场上，谁堆了一个雪人，瘦瘦的小雪人，扎个羊角辫。她边跑圈，边用眼睛扫着小雪人看，看来看去，她发现小雪人跟她一样，右口角居然长了一颗红红的痣。她好奇地笑了，跑到跟前去看，原来是谁在小雪人口边放了一粒小小的红豆……

三

三十年后，苹儿出差去C市，得知这一消息的同乡同学会秘书长给她通报："你去C市要见一见咱们的同学W。"同时，秘书长把电话打给W："你不是总问苹的消息吗？她最近亲自去给你汇报，你记下她的号码……"

苹儿一时想不起秘书长说的W同学，秘书长说，他后来改了名字叫S，苹儿闪电一般想起来，那句诗的署名，好像就是这个名字——

原来是W，于是苹儿也记起来关于这位老同学的点滴，考高中的时候，苹儿考了全县第九名，她前面的那个第八名就是这W呢，这一点苹儿记得很清楚。

同学见面，W带了娇妻美子，苹儿和两个要好的同事一同赴宴。

饭后，W带苹儿和两同事一起参观他的研究所、办公室，他的工作与生活环境，讲述了他如何从国内到国外读书，本科、研究生、博士生、博士后、教授、博导，一步步走来。

四

苹儿的同事跟在后面，随手举起相机，拍下他们的背影，给他们看的时候，鬓角已有两丝雪痕的W说："知道吗？你是我这个乡村娃走向世界的一个杠杆啊。"苹儿不解："不会吧？"

一身戎装的他笑了，对着苹儿的两个同事："不怕你们笑话，我当时为苹堆过一个雪人……苹还在作文里写过她要当一名女军医……"

做教师的苹儿轻轻地笑："谢谢你！怎么我不记得的梦想，你都把它变成自己的现实了！"W也笑了，他自我解嘲地说："什么事情都是这样，谁记在心上，它就变成谁的现实。只是少年时候，堆过的那个小雪人，不能变成现实……"

相视微笑，谁也不多说什么，但每个人心里都清楚，少年心事的美好，当如那小雪人，融化在心底的歌声里。

老男孩的春天

我所认识的老韩，是一个老男孩。

认识老韩好多年了，他是爸爸单位的一个通讯员，那时我管他叫叔叔。

多年后，我参加工作，回到小城，他终于结了婚，不过，过了不到一年，又离了。

我很奇怪地问他："你为什么要离婚？"这时，我什么也不叫他，因为已张不开口叫他叔叔，感觉他一张老脸挂了霜般，却是娃娃相，也许是职业习惯吧，表情总像个孩子似的，嘿嘿笑着，讨好人的样子。看来是给首长们当兵习惯了，首长拿他当小孩子看，周围人也这么待他，有讨好，有爱怜——谁让他离首长那么近，谁又让他总那么乖巧，以至于，四十大几了，人们，跟首长一样，叫他小韩。他乐呵呵的。

记得小时候，听人说过他的几次失恋，我的妈妈还开导过他，被放学回家的我看到他抹眼泪，妈妈给他递毛巾的景致。

感觉他和周围的男人不一样，好哭，很幼稚。

工作后，我终于不想张口叫他叔叔，有一天，我半真半假，叫他大哥。他笑了:"早知道我这叔叔当不成了,你要长辈分。"然后,两腿一剪,哼唱着他的主打歌"爱的春天不会有天黑",一溜烟跑走了。

于是这么定了,就叫大哥了。

大哥挺够份儿的,当年我失恋,他开了车,带我四处兜风去。去附近的景点,都是他领路,我或者我和密友同游。他还劝我,以他的自身经历。听他讲"金经",也是可笑的,我却并不笑,只在心里琢磨他的故事:恋着一个相好的,被对方利用——替人家求自己的老首长,提了干,换了岗,人家却把他甩了。他说,他自愿的,他说他不怨她。

再后来,他跟一个中意于他的女子结婚了,可是那个利用过他的她,又从中作梗,他居然天真地不到一年就离婚了。他说婚是他要离的,心不甘。

再往后,他的她,依然对他若即若离,依然并不嫁他。周围人发现他其实已经后悔离婚,却嘴硬。明眼人说,他是又让人给"捣"住了。

老韩那时候,是落寞的,时常开车进山,再叫我,我已不跟他瞎逛。他笑嘻嘻地说我:"看看,你失恋我陪你,我失恋,你连问都不问一下,连司机都不叫我当哩!嫌我是灯泡了!"我不理他,对他的话也从不认真听,总觉得,他真的还小呢。

终于又有一天,他给我们说,他和前妻复婚了。我笑他:"还离婚不?"

他嘿嘿笑着说:"不敢了,琳说,再离就杀了我哩!"他自我解嘲,"爱的春天就天黑哩!"

"老实待着吧,可别让人家杀了你。"他还是笑,一脸职业的笑,通讯员的标准笑。

十几年过去,当年叫他叔叔,改口叫他大哥——这样的我都已婚了，孩子都上学了。他还是不打算要孩子，闲着心思去看他当年的老情人，回来后给人们讲述："到了老地方，见了老情人，老情人的脸，那么黄……"

渐渐地，我已随着大家叫他老韩，已成中年妇女的我，感觉他更像是一个大孩子。有时也叫他小韩，感觉他可爱得跟孩子差不多，纯净，温和。有时候，我抱歉地给他说："韩，我这么造次，你不恼呀？"他依旧嘿嘿笑："这有啥。"

他好热闹，也好帮人忙。时不时地有点小事，来扰我，干脆利落地给他办了，他高兴得什么似的，抵着嘴角弯着腰地乐，满脸都是高兴，就是不说"谢谢"两个字。

想想也是，他跟的那些首长们，恐怕嘴里最难吐的就是这俩字，他仿得真着呢。这么想着我倒笑了，想着，下次来办啥，让他先搁这。真这样了，他惶惶不安的，通讯员本色又来了，对我也像是对着他的大首长。我不忍心再逗乐，忙为他打理，他那边，又开始充大瓣蒜！

一日，他竟然拿了错字连连的一堆纸一把字："我写的稿子，你给我看看。"我看到他写的是母亲。"都赖我啥也不懂，还以为老人家在农村是营养不良，给她打一针B12，却害死了她，高血压不能打营养针……"他说着泪涟涟了。

我不说话，默默给他改好，他拿走了，几天后，我看到他的文章发表在当地小报副刊上。

他来谢我，我说："老韩，你就这回还出息。为自己的娘流多少泪，都是应该，可不要再因为姑娘流泪了，也不要给姑娘买狐皮了，给自己的娘连羊皮也没买。"

看到他脸红了，我感觉自己揭短了，赶紧住口，"真的，老韩，希望你多为自己活,你自己生活安排好,老人会高兴。"

这之后,听说,他开始调理身体,年近五十的人了,终于开始准备要孩子。

近日见他,依然嘿嘿笑着,依然哼着他的歌。

只是,歌词不知啥时变了:"我的春天不会有天黑……"

多伦多的苹果树

一

那一日整理书橱,从一本发黄的欧美小说集里,抖搂出一把干干的苹果花,淡淡的白,已成茶黄色,浅浅的粉,失了颜色——小苹想起来,这是楠留下来的,是青春的记忆,是女孩青春岁月的光与影。

二

楠,是小苹读中专时候的一位同学,长发,长腿,细细的手臂,起初并没有引起小苹的注意。直到有一天,她拿了这本欧美小说集来,找小苹交换当年流行的《稻草人手记》。

她说:"我知道,这本书你肯定喜欢看。"

小苹很奇怪:"哦?你怎么知道我喜欢这样的小说?"

她笑了:"换,还是不换?"

小苹乐得点头。从此,小苹和她熟悉起来,渐渐形影不离。

有几天,楠不再跟小苹形影相随——小苹居然没留意,她不再跟自己在一起。

后来,她又跟小苹形影相随的时候,小苹才发现:"你那几天做什么了?没跟我在一起哦。"

蓝天白云下,她让小苹看她抄写的诗《苹果树下》:"……苹果树下那个小伙子,你不要,不要再唱歌;姑娘踏着草坪过来了,她的笑容里藏着什么?……说出那句真心的话吧!种下的爱情已该收获。"

小苹吃惊地看着楠把"爱情"写成与众不同的笔迹和颜色,楠吐出一口气:"给你说吧,我去找人表白了。"

楠斜睨小苹一眼,从口袋里摸出一个红苹果,递了来,那诱人的苹果,光亮又好看,小苹不解地接住。苹果在小苹的手上转一圈,小苹发现了上面的两个字:迟到。当时,有一首很有名的流行歌曲《迟到》:"你来到我身边,带着微笑,带来了我的烦恼;我的心中,早已有个她,哦,她比你先到……"

三

楠给小苹讲,从进班第一天,她就对"古巨基"心动了。"我跟踪他,终于有机会表白,拿了这诗、这苹果……"楠沮丧着,慢慢流下一行泪,阳光下,泪花一闪一闪,宛如那诗歌里的苹果花。

小苹想象着小说集里高尔斯华绥描写的"苹果树"的模样——粉色的

苹果花、美好的梅根、年轻的阿舒斯特……小萍无奈地看着她，问："他是谁？"

"你假装，是吧？"她恼了。

小苹吓了一跳，无辜地瞪眼："假装什么？"

"他说我迟到，难道还不是你先到！"

小苹被搞笑了。

"知道了吧，我为什么接近你，就是因为他！"

小苹更不懂，生气得要跺脚："瞎说什么，我又没有喜欢谁！"

楠脸涨得红红的："你一到教室去，他就走……他就注意你！"

后来，小苹发现，楠说得也对，小苹一进教室，那人就出去了。可这跟小苹有什么关系呢？

看着那本小说集，小苹明白楠为什么说她会喜欢这本书了，里边有那篇高尔斯华绥的《苹果树下》——一次读书会上，小苹给大家推介过这首诗，说这是她最喜欢的一首，她喜欢它，也因为它跟自己的名字有关。

终于有一天，楠在课间来到小苹桌边，说："把我的书还给我吧，给，你的《稻草人手记》。"与书一起的，居然还有那只红苹果。

小苹收起来，却并不还她的书。偶然听到班里男生们聊天，小苹听到了一句话，窃喜不已，因了这句话，小苹对楠说："我还没有看完。"

四

小苹拿了欧美小说集和红苹果去找那"古巨基"。

小说集翻在《苹果树下》，小苹说楠的一颗心就是梅根的那一颗金子一般的心，希望他不要辜负。小苹把书和红苹果硬塞在他的手上。

"你有什么权力强迫我？"

小苹说："我不是强迫，只希望你给楠说清楚，一到中午两点钟就要回寝室睡午觉是你的习惯。"

他急吼吼地说："我睡午觉，也需要解释吗？"

被他一吼，小苹突然明了——可以改变自己的习惯呀，自己错过那个时间点再进班不就得了？她被自己的糊涂之后的明白逗乐了，笑起来："你也可以不解释，我解释好了，但是，苹果和苹果树，你还是要好好珍惜一下吧！"

五

后来，楠喜形于色地找到小苹，抱住小苹咬耳朵："谢谢你谢谢你——他答应了我！"

小苹却隐隐地不安，夜晚望着天空中的星星，小苹祈祷，楠的苹果树可不要是梅根的苹果树！

忐忑了很久，小苹发现，纯粹是多余——他俩很正常。顺风顺水的恋爱，滋润了楠，也快乐了"古巨基"，小苹发现，即便小苹两点钟进班，"古巨基"也没有回去睡午觉了。男生们议论，恋爱中的"古巨基"的时钟跟着女朋友转——楠可是从来不睡午觉的哦！

在楠怀孕四个月的时候，他们一家人移民去了多伦多。临别，楠留下了她们一起喜欢过的那部小说集："把这棵苹果树留下，祝福你的爱情！"

六

多伦多大街上的苹果树,枝繁叶茂,硕果累累,果香飘飘——看着网络上楠发来的图片,小苹似乎闻见了苹果香,她知道,那是楠的幸福味!

生活在幸福之中,楠总是忘不了——"小苹,谢谢你!"她总是说。小苹强烈抗议似的表白过:"那是你自己的缘分,与我无关。"

"我和他一起喜欢苹果树,可能含义并不全部一样,可是,我爱他,爱他的全部……"

深夜的视频里,小苹看到楠颓然地低了下头,她的心被钻钻了一下,又厌恶又生气,情绪冒着烟儿,为楠痛了一下——当年,她以为她退出来,楠就可以拥有她想要的那幸福的苹果树……

小苹确实淡忘了青春的往事,视野愈来愈开阔,但是她永远会记得,"宽的做垄,窄的做埂……"

当她为楠做了说客之后,还依然在课桌里收到了一首《爱的诗笺》,折叠成一只小苹果的模样,信纸上那横的红格,有宽有窄,夹着一团粉的白的芬芳的苹果花,一颗心里画着一只小小的苹果,是他的名字裹着她的名字。

七

苹果树总开着粉白的花,一年又一年。

读本科念硕士,直到楠和"古巨基"的孩子8岁了,小苹才结婚。

无论如何,楠要求小苹,与新郎官蜜月能来多伦多。"看看多伦多的苹果树，也看看我们家的苹果哦！"他们的孩子英文名字就叫APPLE！

小苹跟丈夫说："我们去多伦多看看楠的苹果树，如何？"

丈夫说："随便你啊，小苹果！你去哪，我去哪，你是我的苹果树！"

在多伦多那街头巷尾高大如巨伞的苹果树下，小鸟依人的苹依偎着高大的老公，说："看，我们家这棵大苹果树！"

夕阳如水的皇后西街，楠与小苹静坐在街边咖啡馆，看苹果树的梢头，那一缕金灿灿的斜阳，那么静谧，那么安详。

小苹说："知道吗，楠，当年我也有暗恋的人。还记得吗？体育课上，那个把足球踢在我脸上的人，他是我青苹果的暗恋，我每天中午两点的时候，也总是忍不住，从他教室的门前走过。"

"哦！怪不得见面时，我就感觉你这老公像谁呢，原来是像他！"

小苹说："哪里是像他，他根本就是他！"

楠的心结，谁的心结，总也都安息在多伦多的苹果树上……

八

淡淡风里，苹果树下，团团围坐的，是青苹果一样的青春时光，有一缕一缕的香，从树叶间飘洒而下，甜了树下坐着的人。

"APPLE！"楠与"古巨基"同时叫起来，冲向他们的孩子，因为，那可爱的孩子，攀着身后的苹果树往上爬，边爬，边尿水水……

趁着楠夫妇侍弄孩子，小苹的老公咬她的耳朵："我什么时候把足球踢在你脸上了？"

在风里，小苹把楠的欧美小说集还给她，那淡淡的黄黄的干枯的苹果花，顺着风，飘啊飘……

APPLE一把抓住那发黄的书页，含糊不清地用英语找认识的字来念——金子、歌声、苹果树……他小小的手指点着自己的鼻子："Apple？Me？"

爱她，请提醒她，跟上你的脚步。

人生苦短，给自己的幸福一个出口。跟自己讲和，向生活妥协，是一种胜利，也是一种幸福的智慧。

第二辑

咱家那道君子菜

先生喜欢吃苦瓜，夏天来了，他去菜市场的时候，总要为自己谋私一把，菜篮里少不了他带回来的大的小的长的细的青青的苦瓜，不喜欢那份苦滋味的我，看一眼它，就知道夏来了——每年，我家的夏天就是这么来到我眼睛里的。

起初，我跟先生较劲，做饭的时候，就不给他做苦瓜，除非他亲自主厨；每每如此，他也并不见怪，只是随口道一声："夏天吃点苦瓜好！"当然，他若主厨，总是慷慨地做完我爱吃的菜，再做他的苦瓜，对于我的小气，也从来没有微词，一副任劳任怨的样子。后来有了孩子，孩子也不喜欢他的苦瓜，任凭他怎么样给孩子说，吃点苦瓜好，多么好，诸如此类，孩子不为所动，一如当年的我。

只是，多年的夫妻了，我不再像当初那样反对先生吃苦瓜，去菜市场的时候，我会主动给他带回来一些，有时候，也会主动炒给他吃；孩子很疼爱父亲，一到苦瓜上市，他会眼尖地吵："买苦瓜，买苦瓜！爸爸爱吃！"虽然孩子不爱吃，但他总是记得爱他的爸爸。

孩子不爱吃苦瓜，但是他爱吃青椒肉丝，见我总是把青椒和肉丝炒好，盛出来一些，再添加苦瓜一起炒，先生很奇怪："你一直这么炒吗？一份给儿子，没有苦瓜，一份给我，苦瓜炒青椒肉丝？"我说："是啊，怕苦瓜的味道沾肉丝上孩子不吃。"他笑看我一眼："傻啊？苦瓜是从不把苦味传给其他食物的，它是君子菜，你不知道吗？"我讶然，看着先生接过菜铲把苦瓜青椒肉丝一起炒，端上桌，孩子拣爱吃的青椒肉丝夹，先生裹挟着往口里放他爱的苦瓜条。儿子点头："肉丝果然味道依然！"他冲爸爸竖大拇指，"爸，你的苦瓜真的是君子菜！"然后儿子又说，"爸，你也是君子啊！"

我奇怪："菜是君子，跟你爸也是君子，有什么关系？"儿子笑了："你想啊，妈妈，爸爸什么时候也没有勉强过咱们俩呀，他还总是另外给咱们炒咱们爱吃的菜，不跟苦瓜一样吗？"我笑了，想着自己那些不够君子的做法，有些面汕。先生笑了，给孩子说："你妈妈也是君子，她是一直包容着我吃君子菜的君子！"

"我骄傲！我爸我妈都是君子！"孩子冲我和先生竖大拇指，学着小品里搞笑的语调。

是谁说的，婚姻里没有大事，全是小事，吃喝拉撒、柴米油盐、锅碗瓢盆？——锅铲锅沿天天挨着，总要相碰。多年以后，我挥舞着还是结婚时购买的锅铲，但看它的模样依然，锅沿也端整如昨，不禁感叹嫁得这理工男的好处。想他的宽容和包容，想他的迁就与谦让，致使这锅铲锅沿友好相处，相处安然，中年之后依旧能相视莞尔。惭愧地想，如同吃苦瓜，先生的君子之风是主导哦！

再去菜市的时候，不待孩子和先生提醒，我的眼睛也明锐起来，总能一眼看到先生爱吃的苦瓜——那道君子菜，怎能不提升我的君子气度呢！

青春时听过的那首《苦瓜》歌曲,缥缈传来:"……今天先记得听过人说这叫半生瓜,那意味它的美丽年轻不会洞察,到大彻大悟将一切都升华,这一秒坐拥晚霞,我共你觉得苦也不太差。"

心上忽然明了——君子菜本是我姻缘里的半生瓜!

感恩的这一秒起,幸福是那晚霞,堆满生活的山冈。

爱她，你就提醒她

曾经的曾经，我和他谈恋爱，在他最好的时候，在我最好的年纪。

所有恋爱中的女人，都会变小，他却不让我变小。

同一宿舍的蓉，有了男朋友之后，饭也不会打了，开水也不会提了，更不要说敢像以前那样拿着毛毛虫吓唬人了，见到一粒小蜘蛛，她就吓得哇哇大叫了。一起上阅览室的馨，坠入爱河之后，就坠入了男朋友的怀抱，资料不查了，阅览室不去，自己的论文、阶段作业，都要男朋友帮助搞定，所有的文字书写，也由男朋友代劳。一同爬过山、划过船，一同洗过衣、晒过被的青，谈了恋爱之后，泥泞的小路走不过了，山坡不高也上不去了，需人背，要人扶；衣也不会洗了，被也扛不动了，娇滴滴地要人代洗衣物，代晒被褥……

看一圈小姐妹小美女都如此这般享受享福，我也答应了他的"一枚邮票倒着贴"，痛下决心回复他"三枚邮票并着贴"——一个含蓄说"爱你"，一个含蓄应答"同意"。

一个长途打过去，他声音都激动得抖着，却不能答应替我捉笔写一篇小小的论文——用他硕士论文的边角料足矣。他沉沉的声音，坚定地充满爱意地拒绝："自己的事情自己做，不能这样。"再要撒娇发嗲，他就说了："不许和别人一样变小。"两天后，我收到一堆他快递来的论文撰写资料。

我的周围有他的耳报神，他的信一封封砸过来："没去傅老师家报论文，一周都没去晚自习，天天在寝室里玩昏了吧？"我委屈得掉眼泪："去了我也看不进去书。"电话那端，他无言，半晌他说："其实我也一样，可是——"他又加重语气，轻轻说，"要克制自己，不能沉溺放纵。"我终于呜呜地哭起来，他总算"乖乖宝贝"地宝贝我一回，挂电话的时候，还是说："去阅览室吧，我也去。"

真是受不了他的理性，暑假相聚的时候，给他说："分手吧，你太冷血。"

他却拉起我的手，一只水笔把字写在我的手心里，"其实你不懂我的心"，这是当时很时髦的一首歌的名字。

我没理他，自顾自走开，从此分手。

多年以后，他写在我手心里的字，在我的心里也没影踪的时候，我已为人妻，为人母。

日子磨蚀了青春，岁月磨砺我的一颗心，从女孩子到小妇人，我终于明了，真正的爱情是成长，真正的爱人是风雨同舟，真正的生活是一起面对、共同担当。生命路上，谁也担当不了谁的人生，亲情如此，爱情更如此。

多年以后，我看到：依赖成习惯的蓉，离婚后，哭都哭不出来，她说，自己已经习惯把支点放在他的身上；什么都不会的馨，无奈诉说，什么都得学，什么都得做，生活工作都得自己打理；青苦笑着说感言——恋爱时候，他那些耐心都是装的，其实婚后，什么都逼着我去做，他连袜子都不洗……

是了,那时太年轻,我真的不懂,不懂那样一颗希望我与他一起成长、共同担当的,爱心。

如今的我,担当自我,也担当家庭的一份责任。先生说:"依着我,不要靠着,万一我打盹,一闪身体,会吓到你。"所以,爱你,是提醒你:我可以靠,但你最好不要靠。

眯起眼睛,在阳光下感叹,在爱情里,一时变小虽可爱,却经不起时间的磨砺,成功的爱情,不要以爱的名义变小。爱她,请提醒她,跟上你的脚步。

我和老公是哥们儿

嫁个老公是哥们儿，我也是哥们儿，我们之间呀，真够哥们儿！

老公要看足球赛，我奉陪，还奉茶。看到天明，我的香茶绝不献到天刚发白。三天五天如斯，没关系；十天半月黑白颠倒，俺也不介意；连续一个月，我也支持支持热烈支持。老公说俺真够哥们儿！

俺要置办行头，老公也很够哥们儿，大把的银子甩了来："拿去！"我说需要护驾，老公二话不说："起驾！"老公自己是从来不东逛西逛商场的，为了给我买双合脚大头靴子，为了给我寻一双可意的平底王妃鞋，还为了满足我怪异的审美眼光，踏破铁鞋，终于找到我要的款式和质料，目的达到，俺舞之蹈之，老公已抱着双脚在找可以坐下挑泡的地儿了。我上前一看："哎哟，脚上打的水泡，赶上俺家灯泡大哩！"望着满大街的饭店，我无意中嘟哝一句："哪家的饭也赶不上老公做的炸酱面！"此时，已经精疲力竭的老公，居然大手一挥，千姿百态乐起来："为了咱哥们儿，走，回家做！""老公，你真够哥们儿！"

老公是肉食动物，我是素食主义者，为了老公，我也常常豁出去了，吃肉，大块地吃，大碗地吞。这会儿塞下那会儿就吐，我也陪君子。老公说了:"够哥们儿,爽!"

不过每次食肉的时候,老公就会在案几的怀里揣一碟一盘的水果沙拉,源源不断地"变魔术",变得我眼花缭乱。口蜜腹"钱",甜丝丝,美滋滋!我吃素餐,往往会从坤包里掏出一只狗腿,或者用他的公文包胀袋地装一堆内蒙古羊肉,任他张牙舞爪地手抓。酒足饭饱、脑满肠肥的他和我,自会情人眼里出西施,互道"真好,哥们儿!"我们家只有八千元存款,老公要捐一万元助朋友,没得说,我再借二千元,给他。老公说:"要匿名。"我言:"正是此意。"老公说:"这月工资赈灾。"我点头:"没问题,跟你喝西北风也行。"老公直呼:"人生得一知己足矣,哥儿们!"

老公守着"一张报纸看全天,除了喝茶就聊天"的清闲工作不做,偏偏一门心思去走西口。放着好好的公务员不干,"多少人求之不得啊!""你真是昏了头!"婆婆气,公公恼。不享清福,要搞实业,全家远亲近亲一百多口,没一个投赞成票。晚上回到自己的家,老公说:"哥们,就看你的了,你说同意,我就去,你也说不可,我就不辞职了。"我说:"那我要是也不同意呢?""那我就这样待在机关里,'养劳'度日,但我会郁郁而终。"我说:"那你还是去吧,也别郁郁而终。"老公没听清:"嗯?你说啥?""那你就去呗,别枉了才华!"老公说:"还是老婆够哥们儿!别人都不了解我,只你最懂我啊!"

老公忙得脚后跟打后脑勺,可他英姿飒爽,神采奕奕,他说:"这样充实,幸福!"他还说一点不累,可是我可累透啦。上有老,下有小,自从他辞职,我基本没有穿过裙装,完完全全陷入了"裤装时代",放下扫把拿起勺,一路小跑,送孩子,接孩子,买菜做饭管老人,多漂亮的裙子,对我都不再具有吸引力,还是裤子实用!孩子病了,老人也病了,我还要上班啊，天啊！左冲右突，我比突击队员都能干，比红旗手还本领强，半个月，硬是挺下来了，没劳他大驾。我深知，他正在攻坚阶段。两边都消停了，他大感慨，却还是那句："老婆，你太够哥们儿啦！"

当然了，只要老公在家，看到什么干什么。盆里衣服，洗！地上有灰，拖；没灰，也要拖！我的碗还没放下，他已站身边。"干吗？""等着给你添饭。"我累了，他来按摩；我没干啥活计，他也来按摩。他在家，什么都不让我沾手；他去趟超市，我自告奋勇看着锅，却只顾上网，等他回来，汤已没了，粥也糊了。我正要自虐两句，他毫不含糊，糊的饭全扒拉嘴里，说："再做新的给你。""唉，哥们，服了你了！"我说。

如今，老公的事业蒸蒸日上，他的选择已经受到家人和更多人的认可和称赞，有人说："你真行！"老公会很落窠臼地表达："我哪行？是我家那哥们儿，她行！"

私下里，老公说："真的，老婆，我这辈子最幸运的事，就是有你这哥们儿！"

我缩在裙裾里笑，笑得很哥们儿，也很幸运。我和老公是哥们儿，就是要肝胆相照，人生路上相扶相携，齐心协力制造幸福，铸建生命的璀璨，照亮小家，也照亮大家。

秦王为奴的幸福

我们搬进先生单位分的房子，开始一家三口的独立生活。

在小家里，我为妻为母为女主人。咱是家里一把手，锅上锅下说了算，工资本、工资卡全拿着，跑银行点银子的时候，就脸热脑涨飘飘然，禁不住自诩为家中女大王。

先生小儿闻听此言，点头如捣蒜，纷纷呼"女大王"为"秦王"——因为小妇人本姓秦。

下面让您见识见识咱的女王本色。

周日出门去，先生小儿皆呼唤："秦王陛下起驾！"听得一声"恩准"了，两个男人便牵着手在门旁候着，笑逐颜开地望着秦王收拾"细软"——吃的喝的戴的用的，真乃是"左牵黄右擎苍"，当然秦王还要亲自揣着银包。

一路上，女王的两个护卫左顾而右盼，谈笑而生风，只见女王提溜着所有"细软"呼哧呼哧奔前方。"秦王，我好热！"儿子脱下他的手套棉帽塞给本王。"秦王，我也出汗！"先生扒下他的外套搭在本王臂上。

啊哈一声，两侍四只眼闪光，原来目的地到了。秦王一声"停驾"，两侍早已追着蝶扑向好风好景。秦王为物所累，自然不便随意走动，守着"本土"到天黑，望见两个男人朝这边冲来，赶紧打开诸项"细软"：这是吃的，这是喝的，这是薄衫，这是厚裤，"二位爱卿快享用、穿戴起来吧。"看着他们穿戴一番，开始狼吞虎咽，秦王只能饮清风品一缕晚霞果腹，看着两个子民两嘴流香两腮意满，秦王也就满腹芬芳了。

"回府吧，秦王？"秦王残渣剩饮在喉，却颁旨："起驾回宫！"脚酸腿软地进得家门，就听耳畔四声炮响，是他们甩掉两双鞋子："还请秦王明鉴，是赐洗脚水的时辰了！"秦王闻听，躬身而往，心里却想：如此大权还是转让了的好！

日日如此，月月如此，是可忍，孰不可忍？秦王称病卧榻上，再不上朝。

这下先生儿子慌了神，请安连连，挥之不去。进献香茶，进献香糖，进献香果，献礼不停，最后，儿子居然连硕大的香肠也献，俺就是不为所动。小儿说："有了，爸爸，咱俩给妈妈进献香吻吧！"于是儿子的哈喇子涂满左脸，先生的吐沫星子沾满右脸。我于是再也佯怒不下去，却还绷着脸："二位跪安吧！"

先生终于请缨，开始称王，儿子却总是称霸，朝野上下一派混乱，工资本、工资卡也都隐形逃匿，翻箱倒柜挖地三尺找不到支付银子的卡。我闭着目养神，却养得心焦目乱！

我掩了门听歌，却听得心上一片荒芜；我甩了手湖滨散步，只散得个心影零乱。听着先生叮叮当当，我索性门缝里窥探，却看到先生满衣襟的血雨腥风——他在做蘑菇炖小鸡，原来如此，我窃窃私笑，却笑得失魂落魄。品着先生千辛万苦煨好的汤，香喷喷的，却觉涩涩难咽，幸福的汤水灌得我肠胃寂寥酸酸楚楚。抚着先生鸡血洋溢的衣衫，我终于没了平衡失去理智,"梨花带雨"潸潸然。再忍不下小儿的控诉"菜里放了半包盐",再忍不下如斯的心疼之幸福、辛酸之悠闲,难抑愧疚、失职,我要崩溃!终于——

是可忍,孰不可忍!我,又披挂上朝了。

山河上下重又一派歌舞升平的景象,我的心上重又一片花好月儿圆。

我为秦王,我喜欢;秦王为奴,我愿意;"趣味无争辩"。如此,我才有幸福的感觉。我割舍不下这幸福。

春天来了想念谁

上大学读中文系的时候,古今中外作品选里,有一句是忘不掉的:人在春山外。

那时年纪小,你爱谈天我爱笑,哪个少女不怀春,哪个男子不多情。想必怀人总在春山外,不管我是不是在春山里。

如今,早已过了"和羞走,倚门回首"的时令,可有时,还是难忘,难忘那一句:人在春山外。

到底谁在春山外呢?

是少年时的怀人呢,还是少女的怀想?应该是兼而有之的。美妙的就是他、她、它,皆在春山外,只能怀想,只能想念,而已。必须"而已",想了可以奔过去,就不再如斯让尔痴令我迷了。想念欲滴不能滴,美好欲落不要落吧。真的滴落眼前掌心里,就什么都不再。最美的呵,就是那份似有还无的念想,总是令人念念难忘的。

难忘记,不忘记。难忘怀,不忘怀。想是他、她、它,在春山外的那美、那好、那妙绝。以为其妙绝,因为想得众妙毕备,自然以为妙绝。

宛如口技人坐屏障中。其实,一桌、一椅、一扇、一抚尺而已。

终究，有的美丽，不能，不能，揭下他、她、它的红盖头。

"揭下你的盖头来，我绝望成水。"历经九曲回肠的初恋之后，我的一位文友，如此评说她荡气回肠之后荡然无存的初恋。我讶然，不能明白，又恍然明了她的绝望成水的感觉。

包括爱情，包括好多东西，本是一种主观臆想。是一个人的想，便经不得另一个人的成像。象形的文字，原物是不美的，美的是成为象形文字以后，那份隐形的绰约的似是非是的是和非。事事，有无中，是天堂一般美好。

这山望着那山好。一位走过绚丽花开，也走过残枝落叶的老人，曾经告知年轻的一群人：生活永远是这样，让你想念你没有得到的东，和你无法得到的西。其实，得到的同时就是失去，失去便是心灵的真正得到。这似禅又似非禅的话语，让我入禅一般入定，怀想着，琢磨着，春山一般美好，春山外一般可念可意。我领悟一种只可意会的圆满，不可言传。如春山里的想念和山外的他、她、它。

春天来了，你想念谁？自是一份美丽和怅然。意念里，头脑里，胸怀中，指物之作，在发芽，在萌动。你的酝酿，在发芽，在开花，你又何必跟了去，追究他、她、它的真面目呢？

就这样怀想，在四月的玫瑰园里，在春天的草莓丛中，在人间天地的芳菲深处，顾自怀想，迷迷糊糊，静静伫立，不要抬足，不要移动——你一起身，春山内外的鸟语花香，皆从心头移走。

想念春山外，春山内外的我，是充盈圆满的。走到春山外，春风吹又生的美好，更揭示一岁一枯荣的残酷。

我只独自守候，守候我的春天里的想、念，和臆想着的事项。

春天来了，想念谁，并不重要，我只要想念的那美好和妖娆。我陶醉着,是想念的美好,是春天的来到。

来到我心上,来到春深处。

春天来了,想念你——美好的,那一切。

人不在春山外,心在春山外。

青山,一座座,在春风里;想念,心上,所有的,花开。

走西口的粽子

　　古人有"吹梦到西洲",今天我请清风为我吹拂粽香到西口,因为先生他去走西口。

　　虽然我曾做河东狮吼,也无用,先生他还是办好了调往"穷乡僻壤"工作的手续,执意要"走西口"。就这样,留下我和小儿,孤单怪可怜;不过,想想他"独在异乡为异客",亦是孤单怪可怜。不料他却说:"我好得很啊,除了工作就是快乐,工作也快乐啊!"

　　我嘟起嘴巴牵着小儿在各个房间穿梭,腕上两只镯子叮当响,小儿口里呀呀唱着"叮叮当,叮叮当,铃儿响叮当",母亲说:"狗儿一样的娘俩,走到哪里都知道。"我心想,要是狗儿就好了,因为先生说过:"走西口可以跟条狗,但不可带妻儿。"

　　自从他去走西口,我就挣扎在疲累的边缘。先生说,男人就是要走西口,所以他如鱼得水状,疲累不言,英姿飒爽;我就惨了,虽然调动所有潜力,还是操持得家中鸡飞狗跳墙,妹妹带着女儿来,女儿愤然曰:"小若妈妈把家弄得跟垃圾场一样!"儿子找不到他的积木,也会"嗷嗷""呜呜"对着我作虎狼叫。

无奈中，母亲和妹妹进驻家中，整顿内务，于是家里立马风清了，水畅了，蝴蝶都到院里来集会，飞来飞去，跟照得见影子的地面打着招呼。一对小儿女更是对着通往西口的电话欢呼："爸爸，咱家现在可干净了，你的金鱼都笑翻了！"

我一看，可不就是两条金鱼都笑翻了吗——连日来我忘了换水，它俩恼得自尽了。怕先生问清楚后大光其火，赶紧抢过话筒："端午节打算回来吗？给你包粽子吧！""还是省了吧！"

于是，我的情绪也似金鱼一样，翻了。

买粽子叶的时候，赶紧又买来两条跟原来一样的金鱼，由于钱找不开，金鱼老板又给我两条小的。

包好粽子，急忙往西口打电话："回来吃吧，粽子可香哩！"

"忙着呢，改天回！"

过了一星期，先生才大摇大摆地进家："哟，我的金鱼这么快就下小鱼娃了，还下了两条啊！"我嘻嘻地笑。

儿子抱着他的百宝小布袋钻到跟前："爸，粽子吃完了，我把香味都给你留下了。"

我恍然明白，儿子那天为何吃一口粽子往小布袋里吐一口气儿。

我说了，先生也笑，笑得眼里湿湿的。然后说："你妈早让小鸟把粽子送给我了！"

我于是想起读大学时，他北，我南，端午节的时候，他请班里的彝族同学绣了一个花荷包寄给我，我很喜欢！在回信的时候，就画了一只花喜鹊衔着一包粽子，送给他和同学们。

此一刻，先生与我同时想起那一刻，感觉生命的粽香在时光里流溢，淌满心田，淌满先生走西口的日子，淌满我们平凡的生活。

婚姻是示弱的地方

婚姻是一棵大树，根深才能叶茂；让这棵树长得高大，你所享的荫凉才会大。怎么享大的荫凉，如何受大的庇护？婚姻专家给我说，要学会示弱。

闺蜜琼是一个知书明理的人，在单位，上上下下无人不夸，就是这样一个贤能的女子，她的婚姻却总是一副七窍流血的模样。作为好姐妹，我很纳闷，她的问题在哪里？为什么总是遍体鳞伤？这都啥年代了，那烂男人还家暴，要换别的女人不早被打跑了？如是几回，我由衷感叹琼的隐忍，可是最让大家跌眼睛的是，居然，都已经这样，还总是那个臭男人在每每打骂之后把她往外赶。

万般无奈，我这个从来不会劝说人的人，忍不住披挂上阵，说着琼的种种好，我的泪，感极而落。那也并非十恶不赦的男人，他末了扔给我一句："忒好强！"然后，撂下独自垂泪的我，他走了。

我怪异地望着他的背影，长吁一口气，好强，好强得让他不能忍受了？！我想象不出柔弱如琼，善解人意的她，怎么会？我的困惑被另一个同事点破："你的朋友琼啊，她是光在人前呈现完美的一面啊。"我愣，不禁琢磨，也许吧，我俩在一起，她总是做主的那个人，一同出游，我可以当甩手的。在她面面俱到的深水下面，是不是藏了一颗求完美而不服输的心呢？

于是有一天试探地给琼说："你不让着他吗？"她毫不掩饰地脱口道："我从来都是顽抗到底。"我惊讶，她说："怎么了，不对吗？"望着我讶然的神情，她反思，"可能，我也不对吧，总是把他气得直跳，挑战他的极限……"

我这时突然想起单位里另一位凡事都强势的女人。她说吃面条，老公不能给她端米饭；她说喝豆腐脑，老公立马放下胡辣汤，去给她买豆腐脑去。但她只说了一个细节，我们就明白了这个强势女人的可爱与婚姻不散场的秘籍："我俩干架，看到他一跺脚，我就立时偃旗息鼓，我不能气坏了他……"

我的妈妈在我新婚时，曾经叮嘱："两个人过日子，不能俩眼瞪得一般大，你也不能光叫人家让着你，日子长哩，他急你别急，你气他就忍着点，两好搁一好……"

我把这些说给琼听，她是一个聪明的女子，自然明白应该如何改变。我只是用自身的体会给她说，每个人都要不断地改善着自己往前过的。

想当初，我也是一个任性的，婚姻里，他做了初一，我非要做两个十五不可。记得有一次，两个人在修筑院落里的花坛的时候斗争起来，他怒了，一下摔了两块彩砖，我更不得了，照着四块的指标去搬进来摔，结果砸了自己的脚，弄得他哭笑不得，带我去医院，说："看你以后还跟我较劲不？我吃八个包子，难道你要吃十六个不成？"我不吭声，气鼓鼓的，又感觉有点滑稽。这次"无聊"过后，我一较劲，他就会说："算了，不跟你一般见识，不然还得带你去医院。"后来，我也学会了，懒得理他的时候，就说："我可没本事带你去医院。"有一回，被邻居听到了，那大姐驻足问："你俩说什么呢？"他大笑，大姐也笑："这两口子可省得窝住气。"其实，我在心里说，我们这都是吃一堑长一智。

前一段，琼在电话里窃笑窃喜："毛毛，你支得招还挺管用的，那大头鬼变了……"我已听到，琼枯干的婚姻里有了潺潺的流水声，习习而来，甜蜜的气息挡也挡不住。

是呢，树的枝繁叶茂，是因了大地的包容与成全，婚姻也需要彼此适时适当的示弱与忍耐，才能长成一棵根深叶茂的亲情树！没听老人们说，成其大者必有所忍，忍耐与示弱是人生的道与术，更是婚姻里的艺术与智慧。

婚姻是示弱的地方，越相让越相爱——要知道，爱你我才让着你！

种百合花的女人

一

小城最久长的一座小楼里,住着一个种百合花的女人。

女人的家里,卧室、厅堂、阳台、院落、厨间、浴室、案头、茶几上,上上下下,角角落落,都摆满挂遍她亲手种的百合花。

她侍弄这些花,轮流给它们晒阳光,上肥料,修枝叶,她还会天天放了音乐,给花儿们听。

花儿盛开的时候,整幢小楼是香的,整条街是香的,小城的整半边都是香香的。

满室芬芳里,女人静似一本书,吮着百合的香,她把日子填成一阕词。

二

女人年轻时，嫁了当时小城里最有前途的一个男子。

盛开的百合花间，轻立静坐，安详美丽的女人也成一朵芬芳的百合花。

这优秀的男子有一年进了京城，在国内最有名的一所大学里进修着。

女人的花儿盛开着，静谧美好，年轻的岁月也美妙得如花一样。

在他最美好的时候，彼此，爱了，爱过；是百合花，迎着风，灿烂地开，开了，开过。

在京城那所大学里，优秀的男子优秀着，吸引了最负盛名教授的女儿。

小城女人的花，开着，开了，开过。

那优秀的男子优秀着，在京城那所大学里，他也被最负盛名的教授的女儿，所吸引。

三

小城女人的花，开着，开了，开过。

女人这时候，在小城，为他，生下一个女儿。

优秀的男子，这时候，要办理留京城的手续。他回来离婚。

看着小花苞一样的女儿，他张不开口。

花，开着，开着。他返回京城。

返回京城，又回到小城。他说，要留京，要离婚。

女人。小城的花。无语，无语。开着，开着。

开着，开着，开了，开过。小城的花，无语。女人，如花，说，好。

优秀男子去奔他似锦的前程，小城的花静静开，开着，开了，开过。

四

小城的女人，静静种下百合花，在房里，在心里。

在女儿生命里，花香满室，满室的芬芳，是女人的爱，爱女儿，爱生命，爱岁月。

小城里，有一个，种百合花的女人。

她住在小城最久长的小楼里，种花，种香，种自己的爱。

百合的香、女人的爱里，女儿成长着，长大了。她考进京城最有名那所大学去读书。

有一日，女儿打着长途电话，流下眼泪："妈妈，我想你！想你的花了！"

女人在电话里，给女儿说："你要学会种自己的花，学习的花、友谊的花、事业的花、生活的花。"

女儿抹了眼泪，实践女人的话。她想念着妈妈和她的花朵，忙碌着播种自己人生的芬芳。

五

小城的女人依然天天种她的百合，种得蓬荜生辉，种得静谧安详。她给学业受挫的女儿说:"人,怀着希望,梦闪闪发光;梦,怀着希望,人闪闪发光。"她给失恋的女儿讲:"女人心中要有自己的春天,不要把灿烂寄托在别人身上。"

种百合的女人啊,鼓励着她的女儿如花成长,成长如花。

四年之后,女儿考取了硕博连读的公派留学生,与此同时,她还收获了爱情,她的男友跟她同行去法国读博。他们双双回到小城看望妈妈和她的百合花。

种百合的女人拥着女儿叮嘱:"女人不要只是花,还要是树,有季季的灿烂,还要有圈圈的年轮。"她轻轻叹息,这是女儿唯一一回听到妈妈的叹息,"妈妈遗憾,妈妈今生只是花。"

女人的泪,落下来:"没有年轮,不能跨越春天。没有年轮,妈妈不能跨越小城。"

女儿的泪,也涌出来:"妈妈,我记住你的话,做一棵花树。"

女儿的男友眼眸也湿了,大声地叫:"妈!"轻轻地说,"妈妈,她要是花,我就留在春天里。"

满屋的百合花悄悄起舞,花的香在时光里团团流转,团团流转里小城女人的心愿圆满,如花,如树。

六

女儿和她的男友飞往塞纳河畔,事业根深叶茂,生活繁花似锦。

小城的女人,在小城种她的百合,种得小城的心也香香。百合甜甜的味道,浸染着一条叫岁月的小河,河里的声音,韵极了。

大潘的爱

大潘爱唱一首歌:"我的爱赤裸裸,我的爱呀赤裸裸……"他总是把"赤裸裸"唱成"赤果果"。

大潘的老婆小水是他读县高中的同桌。少女时代的小水向往硬汉高仓健,大潘少年老成,十八看着像廿八,时不时地支使着小水为他服务,也会眼一横冲她吼:"你们女生就是啰唆!"大潘会一口气喝三碗汤吞六个馍馍。当然了,大潘也会在开运动会的时候拿个三千米的长跑冠军什么的,还会在运动会结束时一手抓三把椅子回教室,其中自然有小水的那把。这些都让小水痴迷。

后来大潘上了水利学校,在省内一座小城工作,小水辞了县棉纺厂的工作,随在大潘身边开了家复印部,婚后生了个宝贝女儿。

大潘依然故我,成了家有了小水更是潇洒,不必排队上食堂,不必操心换衣洗衣,一切都有小水呢!每当他满脸白纸条跟牌友吆喝"别急着走!"的时候,总有人说:"我老婆要有你老婆一半贤惠,我也不白活。"大潘这时候会咧着大嘴露出一口白牙,笑得天经地义。

有了女儿以后小水才发现,怎么大潘比女儿还让她麻烦?女儿两岁都会自己找遥控器开电视,可大潘不会——"小水小水开电视!"遥控器就在他手边;"小水小水关上门!"门就在他脑后。女儿迈着细细的小脚步跑上前:"云云给爸爸关门!"……

女儿上幼儿园了,复印部里没人的时候,小水会垂下白白的脖颈幽幽地想一回:"高仓健有什么好呢?"咳!小水轻轻叹了一回气,眸光疑疑惑惑。

咳!弯腰放好煤气罐,小水含着胸又叹一回气。咳!弯腰放好复印纸,小水耷拉着头也叹一回气……小水叹气的次数多起来了,数不清了。

一日,一伙朋友来家喝酒,十二点半了,大潘兴致不减,咣咣敲卧室的门:"小水小水起来再弄俩菜!"小水搂着女儿迷糊着说:"不,你自己弄。""啥?"大潘懵了。大潘是真不懂了,"不"是啥意思?大潘正要琢磨呢,有俩伙计的手机响了:"别张罗了大潘,家里又叫回去哩。"一屋酒气渐散去了。大潘不依不饶地叫小水:"洗脚水凉了,热热!""不!"大潘迎着声音砸过去一只手。"干什么你?"小水的手伸在大潘脸上。

第二天大潘脸上有两道划痕。大家奇怪啊,目光像是看野猴。

过一段日子,有人看到大潘在转让复印部。"怎么要转让啊?""忙不过来,也不挣钱,卖了算了。"

又好长一段日子,"咋不见你那贤惠老婆?""复印部转让了也没啥事,去南方打工了。"

好久之后,大潘提了干,人们也知道,大潘离婚了。

"无论是啥样儿的,她得对我闺女好!得让我满意!"大潘还是老样子。

大潘又结婚了,女的黑黑的胖胖的,未婚,是个护士,大潘兴高采烈得很。

婚后，一次牌也没再见他打过，更别说打通宵。问起来，大潘说："戒了。"

大潘也根本不喝酒了，更别说喝高了，问起来，大潘也说："戒了。"

"大潘你闺女咋恁瘦？"

"没瘦。"大潘咧着嘴，顺着嘴角看去，他双耳后各有几道红红的长痕；目光再回到他脸上，发现他耷拉下眼皮给女儿系书包带。

"女儿这一段没跟你啊？"

"去找她妈妈了，她妈妈想她……"大潘说着就走，任你回头用目光使劲盯着他询问："大潘这是怎么了？"

大潘是不回头的。他不回头也看得见一缕缕疑问的目光。

他自己也想，我大潘这是怎么了？

夏日炎炎的水利工地上，一日有人听见午睡着的大潘迷迷糊糊说胡话："再怎么也不能离了。"

大潘有时会感到胸口哪个部位有点苦，就给自己买粒糖，含着糖他还唱那首老歌："我的爱赤裸裸，我的爱呀赤裸裸……"顿时他发现，糖的味道原来就是小水的味道啊。他不再把"赤裸裸"唱成"赤果果"，改正着这个字，他心里想着，生活要是跟唱歌一样就好了，说改就改。

飘香的风

带着孩子学琴，他坚持要吃完煎饼果子再上学，我依了他。

这个煎饼果子摊是我熟悉的，四十刚出头的煎饼果子师傅看上去像五十多岁。他常说："干体力活的，显老相。"

这一天的寒风里，寻不到他的影子，便对孩子说，要个烧饼吧。孩子不乐意，说煎饼果子更好吃。"喏，他在那里！"买烧饼的人说。我们看到，他躲在一角旮旯里，周围依然围满等待的吃客。

终于，手上正做的是我们的了。旁边有夫妻样的中年人在吵，声若洪钟。路过的人、等待煎饼果子的人都转了脸看过去，全是沉默，只有这摊煎饼果子的师傅冲着吵架的人："人生苦短，不要吵了！""你不要乱说话，你又不知道人家为啥生气。"他的媳妇低声阻止。他还是说："人生苦短，吵什么啊！"然后，他讨好地冲媳妇，"是吧，媳妇！"他媳妇笑笑。我了解这两口子。他们是附近的农民，忙时种地，闲时就来街头卖煎饼果子，经济虽拮据，但两口子都是乐天派。

有一天，我看到两口子同吃一截甘蔗，你一口我一口，轮着啃。对面的小贩看到他俩这样，不禁说："你俩还怪浪漫哩！"女的只是笑着，咀嚼她的甘蔗，男的说："甘蔗好甜，要不你也来尝尝？"对面的说："我哪有你那样的心，我老婆天天埋怨她没件像样冬衣，不如人呢！"啐一口甘蔗，男的答："你老婆要是穿我当家的这样，还不要哭死？她这棉袄还是结婚时候买的呢。"女的点头，含着甘蔗，一脸笑："照样暖和！"

我听得乐了，煎饼果子里都冒着乐呵的热乎气儿。这样的俩人啥时都过得甜。

真的呢，我也看到过他们没有生意的时候猫在小街的角落里。冷风阵阵，两口子脸都吹皱了，眼神却依然舒展，笑吟吟地相望。风儿打着哨从耳边飞过，他们听听风，仰脸看白云："当家的，看那云多白，像不像那年结婚时候的样子？"

我笑着打断他们："来张煎饼果子，不要光顾谈情说爱喽！"男的笑嘻嘻说："今天是我们结婚十五年哩，让俺当家的跟我受屈哩。"女当家不依："说啥呢？埋汰人不是，我啥时候嫌了？你要不过意，一会儿摊个煎饼果子犒劳俺吧！"女的说着冲我和路人笑，男的乐得一劲儿点头。

我拿着煎饼果子走开，想起美国诗人勃莱说："贫穷而听着风声也是好的。"况且，他们的风声如此美好。"赶紧，我给你摊个煎饼果子庆祝咱们结婚十五年。"煎饼果子的香裹了他们的说笑，飘向风声里。

椰 妹 妹

一

在我的书房里,端坐着一位美丽的椰妹妹,秀气的脸,纤美的眉,樱桃口,齐整的短发,文静安详的模样儿。

看到她,我就想到朴小华,是她千里迢迢从天涯海角坐船乘飞机,辗转回来,带回这仅有的一个椰妹妹,给我、给她的青春立此存照。

二

中原出生中原成长的朴小华,除了六岁的时候跟着爸爸妈妈回过一趟首尔老家之外,从少年到青年,她走过的最远的路程就是到海南,她带回了这个椰妹妹。

椰妹妹端坐在我的小小书房,朴小华张着一口糯米秀牙,给我讲述她的海南之行。

"海南盛产椰子，那人长得也跟椰子似的。"我想象着椰子的模样，也想象着长成椰子的男子的模样，会是怎么样的模样？我想着，听她讲，也跟着呵呵地笑起来。

"一下飞机，我就想马上回来。"朴小华大气儿地说，把妈妈也招了来："你们说什么呢，这么义愤填膺？"妈妈的声音从门外飘进来。"没说什么，阿姨，我们说这个椰妹妹真漂亮哦！"小华笑着，递给妈妈看她的战利品，妈妈说："海南人这般聪明灵秀，当年我在那里的时候，他们鞋子都没的穿的，现在能用椰壳制作出这么漂亮的妹妹来了！"妈妈啰唆起来了，我赶紧笑着把她让出门去："好了，妈，您去好好研究那连鞋子都不会做的海南人怎么变得这么有头脑了吧？"

妈妈笑着替我们关上房门，朴小华更高声大嗓地给我讲，那人、那人、那人。——她呀，是去相亲了。"要不是二姨押解着我，怎么着，我也不能待了那几天啊！受不了，受不了，那人长得跟椰子似的……"看她头摇得像拨浪鼓，我笑她："以前你受不了什么的时候，从来不说这么多'受不了'的啊，看来他还是让你有什么特别的感觉吧？"她做着鬼脸，一点不含糊地答："是呀，是很特别，特别像一只椰子，我以前哪见过哦！"

我想起她上飞机时，她的妈妈还叮嘱她："不要挑三拣四了，差不多的话就应下来吧。你若在那安家，我到时夏天回首尔，冬天去海南……"

我们相好的几个闺蜜都婚的婚了，孕的孕了，就连走了一段初恋弯弯路的我这个口口声声"恐婚"的人，也被家人包办着订了婚期，而比我还要大两岁的朴小华，愣是嫌枣子裂，嫌瓜儿歪，她愣是相不中一个人儿，以至于远在海南的二姨铁腕地要把她弄到南方去安家，选下一个人。在一家人的威逼利诱下，朴小华这个贪玩的人，决定去飞一下：这么大了，净在中原混了，这下一石二小鸟地去投石头问问婚姻大事吧……

其实，只有我知道，朴小华对这个相亲，还是有所畅想和憧憬的。走前的一晚，她在我的书房坐到很晚，直到星星打着呵欠伸着懒腰，我挥着手撵她："来点实质的，别狂想了，去狂恋吧！"她一步一回头地走着，给我说："也许，我真的嫁到那蛮荒之地哪，你可要去看看我啊！"

三

有多期待，就有多失望。——这倒也不是，后来听朴小华的二姨说，朴小华对那椰子一样的男孩子，倒还是有可看上之处的，只是——

微风的海边，客家人的阿婶，拉着小华的手臂，左瞧右看的，又跟二姨要了小华的八字——客家人讲究这个。他们迷信小华的哪一点与男生不合适啊？二姨没有说，还是人家没有给二姨说，反正，第二天，那椰子一样的男孩子表现虽热情依然，那家的长辈，却再不肯主动出面搭讪。二姨什么心情也没有表达。送小华上飞机的时候，那椰子一样的男孩子，硬是塞给小华这个椰妹妹，说是自己一个夜晚制作出来的："一定带回河南去，让你的家里人瞧瞧。——椰子流完眼泪，它的壳还可以这样漂亮的，别嫌我们客家人垃圾……"

小华当时没有听懂那椰子男孩讲的是什么意思，但那椰妹妹的精致美丽，让她说不出"椰壳是垃圾"，至于"客家人垃圾"的话，小华好像没这么想，也不知从何想起。后来，她跟我说，坐在飞机上，想着"客家人垃圾"的话，她还笑了，似乎明白了，是不是他们太迷信了，怕我们家人笑话他们太迷信、像垃圾呢？

四

许多天以后,朴小华拿了一封信来找我,她嘻嘻哈哈:"猜猜谁写来的?"

我摇头:"你的信,我哪里晓得?"她哈哈笑着,扔给我:"你看看,就知道了。你看嘛!"我看一下信封是"海口"什么什么:"算了,君子慎独,况且是我俩,不要看了吧,太糟蹋人家。"

我没有看,其实跟看了差不多,朴小华一字一句地给我指着念。我惊叹——原来是如此多情一个"椰子"。

暗恋的心理表达得淋漓尽致。"朴小华同志,不带这样笑话人家的吧?人家爱你,又没有错,人家想娶个中原姑娘改变一下家庭基因,不想再拥有一个'香肠嘴巴的下一代',没什么不好啊!"朴小华笑倒了,指着字迹笑:"还'香肠嘴巴的下一代',想得忒远了吧?比天涯海角到中原的飞机航线还要远!"小华轻狂地笑。

我奇异地瞪着她看:"你平时没这样啊?今天怎么如此轻薄肤浅似的?"

她涨红了脸,一擂桌子,眼泪下来了:"知道他家人怎么说我吗?——说我手心的颜色看得出来,不是——处——女——了!放她客家垃圾的狗屁!——不用我说,他自己都说自己家那些是垃圾!"

朴小华红了脸,放粗,口无遮拦。

我重新打量端坐我书房里的椰妹妹,猛然明白,朴小华又受了伤害——每一段情缘里,她被伤害,那段情缘里她最看中的东西一定送人。送远了看不到了,她还想有个念想,所以,她的宝贝只送闺蜜们。记得,她喜欢的一个缅甸玉镯送了芳,那是她初恋留下给她的,初恋远走高飞去了美国;"致爱丽斯"的音乐盒在菲菲那里,那是让她"长发为君留"的人,她第一回开始蓄长发,为了那人,那人无缘无故就结束了两个人的一段缘,过后知道,那人跟了上司的女儿去当乘龙快婿,分别时,那人说:"我的心留给你。"我恍然明白,小华的椰妹妹又是一个失望的凭证——她放在我这里,为不看到,又为哪一天可以又来晃一眼。

有一次,几个闺蜜一起开她的批判会,"不要挑三拣四""不要挑肥拣瘦""你要快快把自己嫁掉"。面对我们的七嘴八舌,她却红了眼圈:"我哪里挑三拣四挑肥拣瘦?"

我们面面相觑,一起叹气:"难道真的有'婚姻不透'之说?"在我们疑惑里,小华又率先笑起来:"会嫁掉的,大丈夫何患无妻,小女子何患无夫!"

五

我们谁也没有想到的是,大家突然收到朴小华的喜帖——去桂林跟那个椰子结婚!

惊问其故,原来只是老套的"抗旨不遵"——那椰子男真是个重情的,他撇下家人独自去桂林创业,就做椰妹妹。他到桂林开了一家礼品店。朴小华举了一天十八封的厚厚书信给我们看,又打开一箱子的眼花缭乱给我们瞧。原来,那是一箱子的椰妹妹照片,他做的,拍好了寄给她,全是她的模样。她的手机里传来客家口音的普通话:"这些不能卖的,这些是按照老板娘的模样做的,老板娘自己愿意才行……"我们看着照片哈哈大笑，那椰子男做了一柜台的"朴小华"摆在那里，等着她自己去卖自己。

这时，我才明白，怪不得，我的书房里那个椰妹妹那样眼熟呢，原来，那是椰子男第一回制作的"朴小华"。"越来越像，就像他越来越疯狂！"朴小华自己指了那一张张的图片，给它们排了号，展示给我们看。她大笑，她终于不用装腔作势地说"大丈夫何患无妻，小女子何患无夫"，那海南的椰子男，就是个大丈夫，铁了心要娶这个中原小女子。朴小华的笑容，此时，跟我书房里端坐的椰妹妹一样，晴朗无云，一如海南的蓝天——这正是椰子男一手打造的模样！

六

这些年，望着书房里的椰妹妹，我和闺蜜们会一同电话骚扰那一对椰哥哥椰妹妹。他们在桂林，在昆明，在许多个旅游城市开了分店，椰子男制作"朴小华"，朴小华出于"报复"，甜蜜蜜地学习制作"椰哥哥"，越做越上手，那份传神，那份逼真，令我和闺蜜们眼巴巴地望着他们的恩恩爱爱，简直要流哈喇子。

视频聊天的时候，我们看到，椰哥哥和椰妹妹的旁边，多了椰宝宝：一个穿着花裙子，扎着小辫子，一个戴了红兜肚，留着茶壶盖，有椰哥哥的香肠嘴巴，也有椰妹妹的樱桃红唇，眼睛里含着一窝窝儿阳光，一模一样的笑。

谁让"周围"迷了眼

爱情姓什么？姓现实，还是姓感觉？属两个当事人，还是属爹妈姑姨舅叔？自己说了算，还是由周围人乱插嘴？

群众的眼睛这个时候未必是雪亮的。

年轻的小楠遇到了难题，她张口闭口"我周围"，她的"周围"令她困惑，困惑得说出来也困惑。

小楠读大学时交往一男友，两地人的两地书没写几封，就被爹妈亲朋叫停了："不现实""不可能""趁早分手"……这样的劝解里，小楠与男友藕断丝连了一段时间，还是就顺从地听了大人们的话，分手了。

七大姑八大姨，周围人说起来一套一套的，这个说他介绍，那个说她介绍，真正带到小楠面前的至今还是那"半拉人"——双方只是在网上视频了一下。对方总在外地学习出差，家人又说："这哪像个过日子的样？不行。"一句话，又枪毙了。

按照周围家人的标准，小楠太难找对象了——物质基础、政治前途、家庭背景、个人形象、脾气性格……小楠说，家里人说的，那只能到梦里去找，现实生活中没有。

单位同事、同学朋友给小楠介绍的不少。带一个回去，见到表姐，表姐说个这；带一个回去，见到大姑，大姑说个那……这个也不行，那个也不中，眼瞅小楠的女伴们都一个二个地婚了嫁了，小楠还是孤家寡人。

一日小楠又带一个男孩回家，妈妈又说这个条件太差，农村出来的，没家底没房子……小楠烦了："那我还个子不高呢！那我还不够白呢！……"妈妈瞪大眼，不明白一向温顺听话的女儿怎么了。

委屈又窝火的小楠掉眼泪："我也不想给妈妈发脾气，可是他们太挑了，我怎么找啊？我又不是仙女！"平息之后，小楠还是给小伙子打电话，说："算了吧，我俩不合适。"

然后她给同事说："我也很纠结。周围同学朋友怎么都找得那么好？这个嫁了局长家的儿子，那个找了处长家的儿子，我不要那么好条件也行啊……"同事知道，独女的她，家里好几套房子，收入殷实的父母存款就不说了……自己条件这么好了，还要求对方那么多干吗？对你好就行了。

小小年纪的小楠开始叹气："咳，妈妈要求的也对，且不说婚后跟同学们怎么联系交往，就光我们家亲戚，逢年过节轮流做东，大人小孩生日宴，平常没事也总是聚会，那规格那路数——我要找个经济基础差的，还真不行，坐不到一起去，我这点工资加对方那点工资，一顿饭就没了，毕竟表姐表哥、堂弟堂兄，都是那个规格，难道轮到我这里，就去吃地摊、大排档，或者光在家里吃？"

小楠说："我自己都为自己作难……你们说，我咋办呀？"她无奈地给同事们说着。

其实啊，有同事给小楠说："别为你家人和你周围人找对象了，你给自己找个对象吧，坐不到一起就不坐一起呗。"

"那亲戚怎么能不来往呢？"

可也是，给她出主意的同事也犯了难。

"关起门来自己过日子"，而日子是要见光的，光里有亲友有世味，躲不开的世相，藏不住的俗气。

难道就让"周围"害你不婚吗，小楠？坚定点，"周围"只是你的"周围"，认准谁，结婚吧，化被动为主动，你也成为他们的"周围"好了！

一条蓝纱巾

"因为爱情，在那个地方，依然还有人在那里游荡，人来人往……"清明时节，细雨霏霏。墓园里，一位年过半百的妇人举着吉他，在弹奏《因为爱情》。

沙哑也并不流畅的声音，传满了墓园，如同细雨洒落每一个扫墓人的心头。

随同《民声》节目组，我们来墓园采访，被这六旬阿姨的歌声吸引，举着话筒，循声而来。

她在对着主持人小燕的话筒讲"故事"：那时候，那时候——

他们是高中同学，一同读书，一同下乡，一同回城当工人，又一同考上大学，他是教授，她是中学教师。十年前他去世了。他喜欢听她唱歌，他去世后，她不能忘记，每每哭泣，是女儿告诉她——爸爸那么爱你，一定不喜欢你痛哭，你应该好好生活，天天唱歌给爸爸听。女儿给她报了吉他班，她去学弹奏吉他，像生前一样，她给他唱歌，对着相片，也站在他的墓碑前。

清明节来了，女儿在国外读书，不能回来祭奠，她就戴上丈夫当年送她的蓝纱巾——她最喜欢蓝色，还是下乡的时候，他用他挣的工分换的钱，跑到城里，特意购买这样一条蓝色的纱巾，配她白皙的肤色。她是他眼里最美丽的姑娘……多少年过去了，什么样的丝巾他们都曾经拥有过，可她和他，最忘记不了的依然是关于这条蓝纱巾的记忆——那时年少，那时贫困，那时衣衫单薄……那时的真，那时的纯，是岁月里他们最难忘的幸福起点……

弹奏着吉他，她唱歌给他听——

"因为爱情，不会轻易悲伤，所以一切都是幸福的模样。因为爱情，简单的生长，依然随时可以为你疯狂。因为爱情，怎么会有沧桑，所以我们还是年轻的模样……"

大理石的墓碑有他笑意盈盈的相片，他对着她，专注地聆听，微笑着，那么恬适，那样陶醉。

在墓园里，我们采访到这样的爱情，也看到过分崩离析的爱情，有墓碑前的哭喊、埋怨，甚或咒骂，多的是泪水、祈祷和祝福，有脉脉的神情，也有默默的神情，多的是黯然和神伤，只这位阿姨，以她的歌声和明媚，怀念、祭奠和面对逝者。

在主持人赞美她的勇敢和美丽的时候，她只歌唱："歌声是我对你的微笑，歌声是我对你的爱。你送我的蓝色纱巾，我至今戴在颈间。我在，它在，爱情在……你好好休息，等着我来……"节目继续采访下一个目标，清明的墓园，是情与爱浓缩的地方。

那阿姨的歌声被我们制作成片头和片尾的旋律，尤其是她自己编唱的《蓝纱巾——你我的爱情》，年迈的她，以沙哑的声音吟唱，散发着忧伤和美好，淌溢着惆怅和对爱人无尽的怀念。

制作节目的时候，我们的"台柱子"小燕也轻轻哼唱阿姨的《蓝纱巾》，幽幽地，她说，"我要是有一条这样的蓝纱巾就嫁。"

有一天，我们居然发现，小燕真的围着一条淡蓝色的丝巾。看到周围的目光一瞟，她敏锐地笑，不回避地迎着我们："嗨，这是我的那条专意的蓝纱巾。"她说着，调皮地笑，挽了一下台里的大春，大春红了脸，字正腔圆地应："是！"

一圈儿人都笑了，台里谁不知道大春对小燕的"好"哦，只是要借了这蓝纱巾才得以成全和表达嘛！

节目播出的时候，我指着阿姨那璀璨的蓝纱巾给屏幕前的家人说："知道吗？这样的蓝纱巾，小燕如今也有一条呢！"

奶奶扁着她没牙的嘴巴："咳，这些年轻人，可要懂得，戴一辈子的纱巾，不单是颜色一样儿就成。"

后来，小燕和大春结婚了；后来，他们有孩子了；后来，大春在采访中出了车祸，小燕前前后后侍候；后来大春好了，小燕被查出乳癌，大春也不离不弃；后来，后来……

后来奶奶都九十多岁了，眼也花，耳也背，我忍不住给她说："奶奶，你的纱巾呢？"奶奶摸索半天，从枕下拉出一条哈达——奶奶讲过无数遍了，这是爷爷带兵打仗的时候，从西藏带给她的，放在当年的定亲礼里。

"哎，奶奶，这个，你百年后，给你放在哪里呢？"

"啊？！"她耳背了，心不背，"放我跟你爷爷的骨灰盒中间，两人搭一起，我俩一起扎西德勒！"

一条丝巾，一个女人。女人心上的纱巾、丝巾、哈达，是蓝色的、淡蓝色的、白色的……女人的心，是一模一样的牵系和幸福。

谁说我是败犬

在网上看到一部台湾偶像剧《败犬女王》，看了半天才明白，原来才貌双全如单无双者，是一败犬。

何谓败犬？

"美丽又能干的女人，只要过了适婚年龄还是单身，就是一只败犬；平庸又无能的女人，只要结婚生子，就是一只胜犬。"这，就是所谓的"败犬论"。

我讶然。

剩女都是败犬。

剩女都是败犬吗？

那要看怎么个剩余法。

文友宁无滥，乏男友，她只等待那个她满意的他出现。

这宁无滥，是剩女，果真；是败犬，非真。宁无滥是剩女，但不是败犬，她心灵聪慧，眼光灵秀，一心甜蜜的期待，坚持宁缺毋滥，她是理想婚姻的守望者。

说起来，剩女，哪个又是败犬呢？只要真的想嫁，谁还嫁不出去呀？

不是说女博士后可以找个小学学历的男人嫁掉吗？男子不患无妻，女子又何患无夫！世上没有败犬女人，只有不急嫁的女人。

剩女就剩女，未必没有男人疼。想有人疼，而没人疼没人爱的，是败犬；有人疼有人爱的，哪里是败犬？分明是尤物！

女友卜滥嫁，有报道称其为华丽转身的传奇画家，身家千万。没婚，没婚是剩女哈，卜滥嫁能写能画能描，还会烹会炒会煲汤，家政才艺一样不少，三十大一了，没嫁，身边男友缭绕。她说自己还没有足够慧眼识英，不确定该嫁哪个。

"但，不滥嫁！"她决绝地说。

卜滥嫁，我这"下得厨房出得厅堂"的画家女友，一身明媚，心灵手巧，决不滥嫁，非败犬也。

倒是，嫁出去的，就都是胜犬了吗？跟她比，我倒感到自己的另一女友，叫作宗是双的，是一只败犬。

宗是双婚也婚了，育也育了。儿子说她笨笨妈；老公说，为了不制造社会垃圾，才娶了她，一副大无畏的表情；连她的亲娘都说，怎么嫁出去了？怎么还读了大学了？完全一生活白痴。老太太痛苦得切齿，切齿她自己教育的失败，养一"败犬"之女。要不是自己在一边左冲右突的，宗是双早就被生活抛弃为单无双了。

不懂吃喝拉撒，把家料理得鸡飞狗跳的，令家人和亲朋都嫌恶得痛不欲生，自己焦头又烂额，宗是双才是真败犬呢，败犬女，败犬妈，还败犬妻啊。

还有一女友，芳名四个字是嵇不择士的，她在婚姻上可谓饥不择食，唯恐剩了去。不择食，如饥似渴地嫁了人，嫁人不当，遇人不淑，婚后，如蛇似蝎毒草一样的婚姻，扭曲了原本貌美如花的她，她变得絮叨、刻薄、心理阴暗，失去了生活的信念，没有爱心，对孩子对日子都不再有责任感，终日搓着麻将麻木度日，满目昏暗，心头疮痍如鳞。谁不说她是真的败犬？

要我说，什么败犬不败犬？没有成败可论，只论身心健康愉悦可矣。

所以，不要被他人评价左右，即便人称"败犬"，我自心安即好。

末末离不起婚

"这世上，幸福的家庭都是相似的，不幸的家庭各有各的不幸。"这话似乎家喻户晓了。可是，离婚呢？也是这个理儿？离婚的理由是相似的，不离婚的道理却不尽相同。

末末为什么不离婚呢？末末自己也纳闷。末末的妈妈和妹妹都说，他再提跟你离婚，你就跟他离。好像你怕离婚似的，一个男人家，动不动"离婚离婚"的。末末呆呆想一回，可能自己真是怕离婚的，所以丈夫才总是这样要挟。真要离婚咋办呢？末末果然是个离不起婚的女人。

道理在哪呢？末末默默地想起了达·芬奇那幅名画，当然，是一般的印刷品而已，初恋男友送给她的，当年挂在大学寝室的床头。一次清理卫生，《蒙娜丽莎》掉在地上，碎成屑，末末的男友千辛万苦把这千疮百孔的纸屑粘起来。却也迷人，却也完整。男友说，可是不能再掉下来了，不然，就彻底玩完，烂纸一堆了。末末此时，又想起那幅画，想起男友和初恋，她曾经把他当成今生今世的唯一。

谈不上谁辜负谁，当年男友前程似锦，而末末并没有如他们所计划的那样，考去那座城市读研究生，末末被分配回自己生长的小城，做储蓄所出纳员。

没有人能把两个相爱的人分开，除非他们自己愿意。末末和初恋男友分开了。末末知道自己的心已是那《蒙娜丽莎》，微笑落了一地，碎碎碎，无形无影的痛，訇然而至。

末末不再有意识地活着，她认为她活着的意义，在于：挣下工资，反哺父母，养育年幼的弟妹，不辜负父母当年卖血为她缴学费。

末末的一位学文学的高中同学说，末末是传奇爱情的女主角，她要是一辈子不结婚，她的故事便是一曲完美的爱情绝唱。然而不结婚在小城是不可能的事，除非末末做得到不呼吸那里的空气——那也就不能担当起挣工资的工具这一角色了。

于是，末末走进了空壳似的婚姻，她嫁了父母通过相亲给她定下的一个男子。男子也是被人甩过的，但是务实，不像末末的心，飘着，总飘在失真的地方。

男子本分，也好。末末的人生，如同那达·芬奇的画，拼凑起来了看着还算有个模样。只要认了，嫁个卖红薯的，末末也会认真地过。他们有了女儿。末末挚爱小女儿，从前她自己坐汽车，遇到路上险况，她心里会想："撞死就好了，自己解脱，还可以补偿家人一笔钱。"可是，有了女儿之后，末末开始担心行车安全，她甚至会带着女儿在车站等上半晌，选择自己认为车技好的师傅才去乘。末末爱女儿，自然希望女儿的父亲好，可是，丈夫嗜酒，胃出血还住过几回医院，所以，末末会计较他，不要喝酒。

每如此，丈夫就会说："离婚！"末末也大声说离婚。可是一动真格，末末就想自己活着，为女儿，为家人。她不离婚，她怕离婚，也为自己。她已是那重粘齐整的《蒙娜丽莎》，不成形的，再落在地上，就玩完了,就无力再成形。弟妹已大,已有收入,都可赡养父母,唯有女儿,令末末不忍。《蒙娜丽莎》已碎过一次,她不忍女儿的微笑再成屑,不想女儿有个碎成屑的妈妈。

末末不离婚,丈夫喊得更响了,次数也多了。末末的心,一层凉,一层凉。她对女儿微笑着说,快长大,快长大……

是不是,女儿长大了,末末,就可以弃下这空壳的形具,活,或者,其他选择?

学会跟生活讲和

春日午后，睡意浓浓未消，心事正缱绻，电话响起。"喂？"我知道是她，应了一声。"我还在老地方等你。"电话就没了。

我知道她把我设成SOS救命的人，我不再缱绻，爬将起来。

我不知道为什么那么多女人的命运如此多舛，虽然大多数姐妹过得好好的，可是，总有那么一两颗心，如在刀尖行走。我想到《海的女儿》里那小人鱼的脚，踩在爱情上，就踩在刀尖上，踩着向往的幸福，路是虚幻的，脚下的痛却真切。

童话哪里只是童话，本就是俗语不俗的演绎，它讲道理，明白浅显，如家家户户的烟囱冒着烟。

记得那时年纪小，整天谈天整天笑，外婆说，女儿都是菜籽命，全在父母送，我不懂得。后来上大学了，小姐妹们自由谈恋爱，我们寝室里的南阳姐姐说，女孩子的命是碰的，我依然不懂。跌跌撞撞走了好久之后，看到美女作家铁凝未嫁，历经沧海桑田的冰心给她说："姑娘，你要等，不要去找。"我琢磨着。早于我结婚生子的妹妹，看我的懵懂样子，有一天忍下心斥责我："小若，你不懂吗？女人的福气是等来的！""我懂了，却错过了。"我茫然又无奈地答。

将要退休，婚姻一天也没有消停过的一位老同事感叹："碰到什么人过什么日子。"她的一桩婚，整天都昏天黑地着，她却并不离开。

说给妈妈听，妈妈却说："她要是就该这样，离了再找还是这样，何必折腾？"另一位同事说，她不离婚，孩子还是亲孩子，爹妈还是亲爹妈，离婚再找更复杂，麻烦省不了的，不生这气，又生那气，一个味儿。

怎么都看这么开？

我也开始看得开，婚了，生了。一切正常，日子天天过，天天过日子，在摸索中磨合，在磨合中摸索。我找到自己和自己、和生活、和人生、和家、和他的平衡点，蜷下来，我成为一只岁月里的猫咪。生活静谧着，凡俗着，琐屑着，就也温馨起来。

我想我还是碰得比较好的，还是我终算找到了平衡点？

这样询问，是因为，我一直不明白朋友果儿的婚姻伤在哪了，密码在哪？她不能忍受，在不停地摆脱，摆脱，又在一起。我是知道点内幕的朋友，她的心还和他在一起，也许，离婚只是促他整改的手段和措施。虽然孩子是纽带，不得不在一起，房子是问题，没法不在一起，可是，我真的知道，我想当然地知道，她是爱他的，对他有心线牵着，所以离了还在一起。

那个老地方，是我们约会的地方，她总在那等我，我总在那等她。两个女人诉说心事心情，有时月朗星稀，有时梨花带雨，有时浓云重重，也有太阳露脸的时候——那是在果儿说起孩子的时候……

情的事，是没有道理可以讲的，女人，也少有足够的理智。我是劝她不要离的，我阻拦不了，她离了；我是劝和的，他们又没合。果儿的伤又来了，她看到了"不该"看到的，知道了"不该"知道的，所以眼也烫伤，心也痛。我为她流泪，却也无奈。即使找对方理论，也没有底气——他们已把合二而一的那红本换成一分为二的那红本了，同是法定凭证啊！

果儿说，爱情天然与悲剧相联系。我说，果儿，不要总是悲观。她却说，鲁迅说了，悲剧就是把美丽的事物揉碎来给人看。爱情是美丽的，美丽的东西容易破碎，爱情当然也是易碎的。世上有绿橄榄、白橄榄、黑橄榄，也有红橄榄，爱情如同一枚橄榄，人称其为"天堂之果"，多数赞其芳醇，到底亦有人嫌其酸涩。

这样一枚橄榄果，果儿含着一颗。每个女人其实都含了一颗，外婆说心甜的人，居何地都会日子甜。

橄榄果的滋味，也在于调剂吗？有的口甜一些，吃得甜；有的口香一些，吃得香；可是，有人就是嫌它酸涩，忍也无奈，终是要呕出，在那躲藏不过的时节。可是，口味无争辩，各有一口喜欢的。

可是，还有另一句话，我怎么也没有勇气给善良贤惠的果儿说。男人有一句自找理由的话："男人如橘，在南为橘，在北为枳，也看遇到什么女人。"其实这话，同样适用于女人。

迷离中我恍然明白，果儿呵果儿，要么接受，要么改变，要么离开。你不能改变，又不能接受，你执意离开，可是离开只是形式，你的心你的身又和他粘一起，那么你注定受折磨。

果儿啊，橄榄果的滋味，慢慢消受，人生苦短，给自己的幸福一个出口，越早越好。

自己的橄榄果，学会喜欢，习惯成自然。橄榄果，含着，就不必较劲。有时，跟自己讲和，向生活妥协，是一种胜利，也是一种幸福的智慧。

办公室的老婆婆嘟了嘴巴发表宣言,说:"别不信,你的心还在他那里;也别不信,他的心还在你这里。"她说世上所有的初恋,她说岁月红尘里所有的男女。

有一份爱是白天的星星,今生今世看不见。

我与你牵手,渐渐牵肠挂肚。

第三辑

今生遇着你的爱

夏天的夜晚，小区的人们在雨过天晴的空气里摇摆着走动，夜色里，人们似蠕动的虫。

有两只小虫子，手拉手坐在高高的健身器材上，在最高处，像是坐在运动场里的看台上，他们看着人来人往，玩着自己的游戏——他们在说"见过"。

"你见过飞翔的鹰吗？"

"见过。"

"你见过海豚吗？"

"见过。"

"你见过会叫的娃娃鱼吗？"

"见过。"

"你见过会飞的鱼吗？"

"见过。"

"你见过……"

……

夏雨过后的风，凉爽吹着，我从他们高高坐着的"瞭望塔"下面走过。

不由自主想起我"见过"的风景——最美丽，最丑恶；最让人欣喜，最让人遗憾；最可爱，最可憎；最可心，最糟心；最让人渴望，最让人难忘……

孩子们用清亮的眼睛看世界，多么渴望，多么向往，眼前的世界，天边的世界，心上的世界，外面的世界。宇宙洪荒，大千世界——哪一样都是新鲜，哪一样都让人好奇。

曾几何时，我跟他们一样，我们跟这些孩子一样，想多看这世界。

"见过。""见过。""见过。"……

我们见过得多，我们知道得多，好像把这个世界掌握在眼里心中。

有一天，我们知道，凡事有黑有白，世界很多灰色；滋味有苦有甜，人生是苦苦甜甜的……

有一天，我们开始会意中间色了吗？

一直做教师的我，只跟孩子们在一起，我说，人性是美丽的。我的从小学就手拉手的闺蜜不这么认为，她只是笑。在我眼睛开始花的时候，我依然做教师，而我的闺蜜已是掌管一方的成功女人。逛商场出来，看着光芒万丈的天空，我们说起来，我说我改变以前的说法，以前我以为世界是美丽的，人心是善良的，现在我认为人性有美丽也有丑恶……

闺蜜同时蹦出唇的话是："人性是丑陋的。"听见我同时吐出的是"美丽多，丑陋少"，她再一次愣住："人性是恶的。"

我也愣住。不尴不尬地难为情了。

"李光耀这么说。"我亲爱的闺蜜缓缓补一句。

是啊，正如朋友们评价的，我一直处在自己的一片桃花源里，无忧无愁，闲来无病呻吟几行文字，哪能理解他们浮沉的无奈与辛苦？

那一刻，我真的感觉自己见过的太少了，羞赧在心上脸上打转转。

但是，我已不想多见，多见无益，我只想看风看月看轻轻巧巧的风景，来度过清澈浅显的时光。

有一度空间，我不想见，更不想见过；有些阈值不要更新，不必跨越。

亲爱的，我可以想象你奋斗的辛苦。在你不想我打扰的时候，我只不打扰你，这是我能做的，压住对你的思念与爱恋，隔风隔雨，看着你，祝福你……

漫步在湿润凉爽的风里，我想数一数自己见过的寻常美丽和寻常遗憾。

我的生命，见过最美的亲情、友谊、爱恋，爱我的人和我爱的人，亲人、友人、恋人、爱人，都在恰当的时候出现，虽然因我的粗心和疏忽，也有错过和失落，但是，爱与亲，都好好地在，我感激，更感恩。

这是我心上最美丽的见和见着！

也有，遗憾，不多，也有——

对病中的姥姥我很少陪伴，这是过去了的，但是遗憾，痛着，过不去。

面对亲和爱，各样亲，各种爱，常常恃爱任性，想改正，想想还是不改了，好好爱，用尽今生。

见过的爱，不能忘记；遇到的美好，都在心上。其他的刮进岁月的大风里，唯有爱、美好，存留。

亲爱的，对你的爱，全心爱，不过，在今世；来生，不遇。

有一份爱是白天的星星，今生今世看不见。

艳遇是一滴露水

看女性情感栏目，看说男道女节目，看流行杂志，关于艳遇种种，太多了，似乎，街角旮旯缝道，到处可见，随时随地可拾可捡似的。

也许关注艳遇太多了，周围的艳遇也多起来。

某红颜，艳遇网友，她昔日同学，居然艳得到桂林去遇。打电话，她神秘兮兮地："我在桂林，在桂林……"

"天啦，你真的去找他了！"我大喊，惊恐万状地。

啪！——她就把电话断了。我兀自想象，发呆，心情一点不OK。

网上看到国学泰斗相继离去，莫名感到痛心，牧师走了，他的道，还在人世间吗？

本想找她探讨一下，她却已将自己沦陷掉了。

我的天，这世道，真是到处皆艳遇吗？

想起前几日，某中学女友说，她的上司，如何如何，于她。

我说："那你怎么办？"她说："我问你呢。"

我说："那就不嘛。"

她怨怨地望我一眼："那人家何必帮你？"

我一愣："你这算什么艳遇？明明是交易。"

这女同学朋友，绝尘离我而去，回望的眼神里，一丝不解风尘的怜怨，对着我。

办公室的一个年纪大的女人告诉众同事，这世界在男人手里，女人要成龙成凤，就得走男人路线。

我讶然，想着，你家可是俩姑娘呢。

她又说了："和男人怎么样了，未必能成；和男人不怎么样呢，也不一定不能成。"

这不得了？说明这世界没这么男权嘛！她又鼻息一嗤："那是女人手腕高！"

啊呀哟，我眼瞪大。

网络上有文章说了，男人偷性，女人偷情。什么艳遇？逢场作戏。男人偷了就完了，女人的情却刚刚燃起；女人想因此结婚，男人偏没打算，想也没这么想过。心理专家劝女人就此打住，有艳遇的形式可矣，莫要再贪恋了。还有文章分析艳遇的结局，似乎没什么好结局，玩的东西，不是真的，不是真的，怎么好得了？也有说了，艳遇时，看清那些游戏伎俩，"游戏""伎俩"纷纷上，那还不感情都是纷纷下的嘛。也有说了，艳遇敌不了情意，艳遇戏再高，也高不过一份情意……如此如此，艳遇何以堪？

午饭时候，小姑听我在写艳遇的艳事，索性给我加点艳料：她单位的一对男女，艳着遇上了，出逃了好几年。这回回来了，女的原有房产，归来有处窝；男的，没处去，他老婆愿意他回去住，他儿子死活不依，这不四处流浪着呢！

"跟那女的搭着过去呗。"婆婆说。

"那肯定是不艳了呗，艳着，还能回来？都该在外头一直遇了，回来就没艳遇了。"

我琢磨的是，那男人的老婆，还能接受他？"你不是说了吗，艳遇敌不过一份情意，他老婆对他是真情嘛。"小姑子答。

"他儿子呢？咋就不接收他呢？"

"这还不明白，儿子嫌他的艳遇晃眼呗。"

还有那从桂林回来的某红颜，也在家痛惜着呢。做了流产，老公侍候她，只一言不发。她说，不如暴打一顿，自己可以少一些愧疚。"什么艳遇，没事找事！"她自己点评。

小姑子说，其实每个人离艳遇都很近，只要愿意，就有；不愿意，就没有。谁怎么取舍，是自己的事，只能自己担当后果。每个人的内心都知道，谁是自己真正想要一起的人。

你想，婚姻，不少的，都还闹着矛盾呢，艳遇，能遇多久，能艳几个时辰？心头，一份情意在，艳遇如一滴露水，清风一吹，远去了！

谁曾经路过你的心

那天看师兄早年出的一本书《走过》，不知为什么，突然想起来，有些东西，走来走去，我们也并没有走过去。

不然，我的师兄也不会出了这本集子——《走过》。

小"文青"的师兄，早年是个诗人。写诗的男孩子，总是文静秀逸，这样的男孩子自然会招人的眼，眼里也容易进了别人。

他写走过的路、路过的人，那些故事，成长的、困惑的、迷茫的、郁闷的、畅快的。当然，谁的青春、谁的成长里，没有这样令我们忧喜伤悲快乐兴奋过的日子呢？不然又哪里有我们从青涩到稳妥，从慌张到从容，从无忧到强说愁，从愁断肠到肠断了也不再愁。哦，从小到大，从少年到青春，从青春走过，走过的啊，是路上开过的花，走过了，花落了，香却再也绕不开脚步，哪怕有尘，哪怕是沾了泥。那路过的花啊，开或不开，总有香盈怀。

盈怀不忘记，该不是花路过了你的心？

眼里看见的，未必心里看见；心里看见的，再也没忘记。

我想起台湾那个最会讲故事的人——吴念真，他的名字的意思是，不要想念真了，不要惦记她了，那个叫作真的女孩子。

真格不念吗？谁不知道这个较真的大导演，总是在心上，在电影里，讲那所念的故事呢。勿念真只是一种愿望，一种想要达到的自欺，一种对青春的安慰，还是一种对成长酵母菌的摆脱。其实，摆脱不了呢，脱得掉干系，那还叫什么不念人家真，叫自己的原名得了，要么叫高谈阔论、豪情满怀、壮志擎天的名或者字也罢，偏要叫个"不念真"。

其实哪一刻能忘记呢？名满天下的时候，他的爱情，他的不念的真，也满了天下，还有他掩耳盗铃、自欺欺人一般的"勿念真"。真啊，你是一个怎样的女子，如此惊艳这大才子？还是因了你当年的惊艳，这才成就了他这个大才子呢？

哦，走过了，走过了真——走过的只是有真的岁月，而真，在大导演的心上，一刻不曾离开。真啊，叫我如何不念你呢？

多情如此，无情亦如是。

年轻时，他爱她，她不知是不晓得，还是故意——因不能认可，不能接受，总之呢，他没有进过她的心。反正，他是恋啊爱，三年，又三年，没有结果。他去了没有她的地方，在那里娶妻生子，无情于她的无意，再不问风问雨她的一丝讯息。

多年后，衣锦没衣锦地，他是换了当年气象归来故乡的。冷寂无声的他的惦念怀了冰，无奈他的耳朵冒着热气，腾腾地从亲朋好友含蓄不提及的千言万语，规避不规避的神情言语中，还是捕捞到了，她现在过得不好，丈夫癌，女儿病，家庭困，命运多厄的她，如一根黄黄细草，摇摇欲坠的生活，让她几乎撑不起腰。

他知道了，他明确知道了，当着众人，泪如雨下，放下一个能放下的最厚的信封，说："转给她，不要说是我给的。"然后，悄悄地，把她待业在家的患癫痫的女儿，以熟人引荐的名义，招进他并不壮大的公司。说是财务监理，其实他哪用得了那么多财务人员？他只为她付一份工资，送她上学进修去，将来她好谋一份饭碗，撑起家庭与母亲的困苦。

谁路过谁的心，谁能忘记呢？千百年的诗里都说了："老来多健忘，唯不忘相思。"

是有那无情的，总是贬抑相识的青春过往里的自己，无眼光，不识爱，初恋时不懂爱情，"爱上个把人渣"。其实，对方是不是人渣，自己有无有眼光又如何呢？干吗贬损青春的恋情？他总是在网上，贴啊晒今天生活的幸福美满，似乎要说明什么，其实呢，明眼人看得明白，他的种种只说明，他当初的爱是真的啊，刻骨铭心，至今不能忘，只是变了一种形式——以怨的模样，以不屑的神情，说"爱过"，说"爱过后悔了"，实际上，后悔莫及的，还是当年那份不能及。是不是呢？

道是无情还是有情啊，还是忘不了，终究忘不了。不能不承认，她是那心上捧出的最初的暖，遇了寒。

忘记吧，只记取那一份暖，还是青春的模样，还是心上的暖阳，暖暖的，暖自己的或是她的青春。

《当我想你的时候》，这是一首歌，"当我想你的时候"，这个"你"，是你，是她，是他，更是青春时光，是一段雨打芭蕉红了樱桃的日子。樱桃点点红在心上，你我路过谁的心？谁又路过你我的心？

路过你的心，路过我的心。路过你的心，我自己不能忘；路过我的心，在我路过别人时候，自然会猛醒顿悟，当时的你冲了多浓稠的情谊，给我，我不经意地，随手把它拂翻落地——路过别人的时候，我明白了那份浓稠之意。

经山经水之后，她或者他，也会说："谢谢你给我的爱""谢谢你让我路过你的心。"

我想是的——路过的,说谢谢,谢谢你曾经让我路过;被路过的,也说谢谢,谢谢你来路过。只因为,路过的是心灵。

路过的,是青春呢,是成长呢?心上的,是爱情呢,是友谊,还是无论哪一般的人们心上的深情厚谊?路过心的,花开与不开,其时的光阴,都是一朵花。这花,经年更明媚、芬芳、纯粹——哪怕心碎情碎世事碎,纯粹不碎。

"毳"的笔名,也是一份爱,是在说,爱你爱你很爱你。他不懂。给他说,你不要看我写的口水文。

师兄的文集,说走过,走过的是青春,是岁月,心上的东西,没有变过。我也看到文字里心深处,师兄的那些路过,和那些路过他心灵的人,都清晰如昨,闪亮如星辰。

路过心灵,得用心灵——谢谢您用心路过,谢谢您的心让我来路过。凡心灵的,当是我所歌咏的,歌咏那份纯粹,永远不碎。

秋　水　痕

秋来了，秋风淡淡荡漾，笼着清澈的小河水。

不知为什么，有一点想落泪。

走在这么熟悉的小城街道上，两旁的树高大参天。

我是小城生小城长的孩子，喜欢极了这里的树们，尤其是翠绿如盖和黄叶满地的时候，对我是一种令我痴迷的吸引。

他陪在我的一边："我送你回单位。"

推着大厦的旋转门，我们一同从里面走出来。

那是你的禁区，我来冒犯，你觉得伤感、失落，所以想要掉泪。

也许，是一种久违的感觉，是一种不真实也不现实的感受，那一点时空是隔离的，不在地上，惹得我想要掉泪。

此时，高又直的树和它们硕大的枝干，让我感到似乎有点陌生。

脚底下满是落叶，咔嚓，咔嚓，声音响又清脆。

毕竟不是豆蔻也不是妙龄时分，粗糙的生活打磨了我粗糙的感觉。我一样的声音、一样的语调给他说我成长和生活的小城的几处细节，他听着。

他听着，突然，所答非所问地说："你会不会看不起我？"

我没迟疑，说："不会的。"

想起读大学时候，他的可爱、他的好。

我说："你是小弟弟。"

他也一样的声音、一样的腔，说一草一木皆过往，给出结论："我最讨厌别人当我姐。"

我没有想到，多年之后，他居然还有挣扎。

真的后悔到他住的饭店见他，心想约他出来喝茶就好了。徒然的存在，徒然的场景，多余的感情，是一次战斗。

长舒一口气，到了我的单位门前。

"进去看看吗？"

"不进去了。"他说，"看看你们的大门吧。"他往里张望。

"我明天……"他说。

我没听清楚他说什么，只说："你挺好的。"因为知道他极要面子的。

"我知道了。"他说，"你进去吧。"

"好。"

看他走了，我又从单位大门里折出来，想着要接孩子了，就往幼儿园赶。

正好先生打电话："我已经回来了，什么时候接孩子？"

我就在这里等，等先生来了，忍不住地泪眼婆娑起来："今天差点犯错误。"

先生却笑起来，无声地拍拍我的头。

周围那么多人，我赶紧跟着先生进幼儿园。

雨下得大了，先生衣服都湿了，抱着儿子，牵着我。

想着千辛万苦认真养家的先生，想着刚结婚时他半开玩笑给我说的话，只要犯错误，就打断腿。当时只是好笑，两人一起笑，这时有些酸酸的。

十多年的婚姻了。也曾风也曾雨。

进得家门，先生给我和儿子擦衣上的水，忍不住亲一下他的脸。他笑了："是不是觉得有愧啊？"

不理先生，对着镜子弄头发。他闯进来："还在回味呢！"我一惊。

"对不起对不起，打扰了！请继续！"先生说着，绅士一般打着手势，嬉皮笑脸。我也乐了。

"有什么感受吗？"

"有，原来自己是个女人。"

呵呵哈，笑作一团。

儿子在一旁莫名其妙："你们干什么呢？"

先生说："看你妈那没出息样。人家给她开玩笑，她还当真了，担心人家看不起啊。"

唉，是啊，原来只是一个玩笑，真假，只是一个玩笑。

晚饭后，先生说："也不问问人家怎么安排的，还地主呢。"

正拨号码，信息来了："我已在去机场的路上。祝你幸福！问全家好！"

"一路平安！"先生替我给他发出祝福。

睡在床上，我问先生："你不生气吗？"

先生说："真的，假的，都是玩笑。别傻了，快睡吧！"

拥着小儿和先生，安详睡到天亮。我的泪落在先生的玩笑里。

终于明白,是先生的玩笑惹得我掉眼泪。

先生的玩笑跟小城的大树一样,参天入云,于我,是一种令我痴迷的吸引。

秋来了,笼着清澈的小河,秋风如水,淡淡,过了。

风,过了,也就过了。

沾一点炊烟味

"十指不沾泥,鳞鳞居大厦",是小时候我读过的一句古诗,讽刺"剥削者"。

如今社会分工协作,基本没有"剥削"这个词了,但"剥削"的潜规则还存在。

古往今来,男人的任务,是经天纬地,是征服世界,然后,征服女人。男人会做饭,未必是女人嫁他的充分理由,往往,更不被列为必要条件;而女人,不会做饭,虽然不会被拒绝娶回家,但,也绝对没有哪一个男人会认为这是优点。

初恋时,男人也相信感情,男人也不懂得生活。面对所爱,他会下了很大决心似的说,不会烧饭,没关系,我来做。那是因为他没有一日三餐天天做过;还因为,他可能根本就不曾料想,工作的繁忙、事业的冲锋会和做饭的时间相冲突。可以下饭馆,有经济基础啊!可天天下,月月下,他的胃,谁的胃,都会想念家常便饭。

除非,你愿意,他也愿意,天天为你做饭。只是为你做饭,他愿意,你愿意吗?纵使两情相悦,两相情愿。这样的日子,有人会说"女人不像女人样"，那又有什么关系？自己感觉舒服就够了。可是，你们有了孩子呢，孩子要冲奶粉，要吃鸡蛋羹，你也等着，等着男人回来冲、回家做，孩子会哭成哪般，孩子会饿成何样？即便你家男人不说，没准会有好事者急吼吼对你说："你算什么女人！""你也算是个女人？"

天啊，想一想，人生是走平衡木，这样的婚姻里，你必然在另个别处给你家男人一样平衡。不然，自然就从婚姻的平衡木上掉下来吧。

据说，女王和丈夫生气了，叩门时说了"我是你的老婆"，丈夫才开门；还据说，女王的丈夫也要吃女王亲手煮的汤，才觉最有味道。唉，原来女王也是染了炊烟的，是不是染了炊烟的才是真的女王？不然，她的丈夫都不给她开卧房的门哩。

所以，女人不下厨房，说说算了！就说也当心，别把如意郎君吓跑，或者，吓得他心里打鼓，怯怯然试探你，说的是真的吗？

女人没有炊烟味，天使都不想投进她的怀抱里；女人拒绝炊烟味，上帝都怀疑自己取了根木头当肋骨哩。

没有炊烟味的女人，只会活得像个孤魂野鬼。我突然想起来，我曾经住过的一座老楼里，有一家断了煤水电的，她是个有工资的疯女人，饿了，就去买点吃，随买随吃，一身腐臭。

所以啊，女人，干吗那么厌恶炊烟呢？它熏陶得你更平常，也正常呢。你想做超级女人，是否也还是以它为根基更妙？

我的观点？我是个没出息的，我喜欢男人像男人样，女人像女人样。是的，我认为染了炊烟的女人更美丽。我也认为，做饭是男人表达爱的一种方式，若你也爱他，你会主动上前择择菜，洗洗碗，对了，两人同沐凡尘炊烟之爱。

有人说婚姻如同大厦。大厦可以依靠别人建筑，十指不沾泥来享用，但婚姻不能够，它是一男一女两个人的事，别人无可替代你，别人一替你，你就靠边了。

家家都有烟囱，婚姻里的烟囱都冒烟，你不沾炊烟味，你怎么算是在家里，在婚姻里呢？女人的幸福和美丽，是要炊烟来蓄势的。你不妨前行，携缕炊烟，其味，是女人的幸福味、美丽味，也是满足味。

爱情不能离太远

一个离婚的女友，闪着QQ头像，向我打招呼。

我问她："最近好吗？是否尘埃落定？"她认识了两个男友，正处在选择期。

她回话："喜欢的不出现，出现的不喜欢。"她说，为何追她的，是她不甚中意的，为何那个她所中意的又不来追。

我说："都什么时代了，又是过来人，不妨，你自己主动联系他嘛。"

几天后，我又在网上遇见她。她对我说，与追她的那人约会了，而她死心眼地惦记的那个却没消息。我无语。

想起读大学的时候，往返在各寝室之间送情书的一位"达人"宣布他的"专业"发现：好多收信人的心理都是，期待的信没有来，来的信又不是期待的。他还说，其实，每个人所喜欢的人都是比自身层次要高一些的。虽然距离产生美，可是，这样的距离只是幻美，结局也只可能是幻灭。

我这位女友，所讲述的两位男子，一个是抢手型，一个是滞销型。自然，一个不上心，一个追得紧。女友虽然漂亮没孩子，但毕竟三十多岁了。我对女友说，与你约会的这位若是人品性格都还不错，就认真对待吧。女友不理我。我在QQ上给她留言说："好吃的果子在树顶，可爱的人在眼皮下。不要总是仰着脸啊，要勇于低头哩。"女友发来笑嘻嘻的QQ表情，表示不苟同。

我想到安徒生。他那么有才，追求的女子应该是有的，或者还很多，为什么他终身没娶？是不是总是心系臆想的白天鹅，无心低头看那些爱慕他的平凡眼眸呢？还有杨二车娜姆，与异国夫君分别，远隔千万里，回家乡泸沽湖畔追求经济效益。终于有一天，她兴冲冲打北欧家中的电话时，被住在她家床上的女护士"电"到，丈夫的支吾和肯定，承认了她的远走成为婚姻的远离。她说，她还可以回去，那是她的家；她说，她怎么可能回去，那不再是她的家。太远了！是啊，心已太远了，情也太远了，回不去的爱恋时光，追不回的爱情小鸟。

我也想到，史上的一位老国王对年轻美丽的公主说，不要和你的丈夫分离超过三个月。他在说男人的周期和极限。哪个女人胆大妄为，要挑战这个？她岂不是在翻动潘多拉的盒子？还是不试为上，真的试会"屡试不爽"的，到头来不爽的总是妄做实验的女人心。

感情是现实的，婚姻更是真实的。生活就是一把青菜两尾鱼，要放在够得到摸得着的地方。不要走得太远，不要想得太远，更不要期待太远。距离产生美，但离得太远，就不会滋生爱情，即使萌芽，也会坏死，因为真实的生活驮不动太多的虚幻情愫。近的情无法为太远的爱授粉，焉能开花？

女人啊，摘取伸手可及的爱情之果吧，够得着的才会是适合你的，摸得到的才是真正的幸福。

最近的你最远的我

在博客上,看到一个女作者的《立此为证》,那血腥的殴打,那凶狠的计较,那不依不饶,那歇斯底里……让我痛感——最近的人,原也是最远的人。

我曾听到老人劝说我的表姐:"你姓啥,他姓啥?不是婚姻,谁认得谁呢。"当时的我沉溺于暗恋中,我嫌家族的这位老者冷血,嘟了嘴巴,给表姐说:"有爱就有暖,红线一牵,火星人你也嫁得!"老人和表姐全被我逗乐了,他们说:"让你以后嫁个火星人吧!"

曾经以为,我的火星人离我最近,其实,本就是一个最远的人,幻境里的白马王子,泥巴也不是。

应该结婚的年纪里,妈妈给我拉郎配,我嫁了一个心上最远的人。我以为我不爱他,事实上,我根本没想爱上人家。他逢人介绍:"这是我爱人!"他似乎喜欢这个词语,他介绍的时候,我心上一动,是爱的人吗?向人介绍他的时候,我总是说:"这是我的先生!"心上潜台词是"比我先生了两年的一个人"。

相安无事中,我们度过八年。八年之后,我必须考虑生孩子的问题,再不生育，女人的这一权利与义务，对我来说，今生枉然。姐姐妹妹们的左烘托右渲染，还有他的执意，也让我动心。宝宝来的时候，我发现他是孩子的爹，这一点谁也无法替代。

此时，我庆幸，曾经最远的那个人，渐渐走近了我。是比我先生了两年的这个人支撑了我的现实生活。

最近的人，走远；最远的人，成为最近的人。多少造化，多少因果，多少年如一日的感应与感动，我与你牵手，渐渐牵肠挂肚。

最珍贵的一无所有

当年没有谈过恋爱,我的一位中学老师点评:"空白也好。"辗转几年之后,我又失恋了,见到我的这位老师,我说:"老师,我又成空白了。"老师却说:"这叫一无所有,不叫空白,你这样的年纪了,要是还是一片空白,才是可怕的。"老师的话,如禅,我没有完全领悟。

多年又多年之后,我的学生也到了我失恋的那个年纪,她也失恋了。我看到她的签名写着:"25岁,最珍贵的一无所有。"

众多的好友群像里,她的那一栏,我很少光顾,她的空间、她的故事,我在这一句话的引领下,去观看。蛛丝马迹,我知道,离开我之后,她上了医专,工作了,离我很近。这个我知道,她参加单位的演讲比赛,专门来找我帮忙改过讲稿,之后,身影随风,渐淡渐远,虽然我们在一个小城,工作单位也相距不远。空间里,我循迹明白,她恋爱,恋爱,恋爱,如今失恋。她的珍贵的一无所有,是经历过后,什么也没留下,但是,经历了,也就不白活。青春的柴火垛,曾经堆到云天外,是美丽的,美丽过,是珍贵的,如此的一无所有,在二十五岁的她,是一份珍贵的一无所有。

找我改演讲稿那次，同来的还有她的小同事，一样年轻，一样青春洋溢，身材小巧玲珑。那女孩已有对象，我的这学生，没有。她给我说："老师，我定下来会带他来见你。"

想她正在选择中，她问我："老师，你说我会找什么样的？"

我笑着说："当然得找个对你好的啦。"她笑了："老师，说外表。"我一愣："是啊，你这么高的个子，1.78米，要么找个比你矮的，也很优秀；要么就是比你还要高，高高的——"我话还没说完，她急不可耐，打断我："老师，肯定是后者！"

过后有一天，我在遥远的街头，果然看到她和一个高个子的男孩在一起，两个人都那么高，在人群里很显眼，边走着，边说笑。当时有彩云，从他们的头顶上方飘过，我感觉，这两个年轻的孩子，仿佛会走进云彩里去哦！

没有打扰他们，我带着我的孩子绕行而去。我想，那应该是她的"最珍贵"，青春里遇见青春里牵手的那一个，因了青春，因了岁月，因了韶光会流逝，嘉年华不再有，承泽青春的名，他将成为永恒与最珍贵。如今，想是一无所有了，所以，她写道："有些人，有些事，有些话，有些爱，想回到过去……"她还写了："痛之，领悟……"还有一句，呓语一般："我想要的。"

傻丫头哦，你想要的，是什么呢？"最珍贵"的，化作"一无所有"，你所剩余的最珍贵，应该是，这最珍贵的一无所有带给你的成长。

在她的蓝趾甲、卡通拖鞋、乳色的白净脚丫的图片边，我悄悄留言："感谢你的一无所有令你成长，这是最珍贵的。最珍贵的是你将会拥有所有——希望、勇气、友谊、爱情、理想……"

一无所有的时候，有最真实的际遇，未来自己最怀念的时光，会是这时候。

经历过的没有，不再是没有，那本已是满满的拥有。哪管伤，哪管痛，尽管思索，尽管坚持，一无所有里隐藏着万千气象，慢慢待，花香与小鸟，漫天香，漫天飞……

25岁里，有天底下最珍贵的青春，年轻是个宝。况且，此时，你已途经过一无所有的荒原，曾经是多荒凉，就会衍生出多少丰饶。时光浸润华年，岁月风度翩翩。

爱你我才拒绝你

在一档相亲节目中，看到一个28岁的女孩子中意了一位四十八岁的男子。

女子单纯率真，男人稳妥大度。主持人问女子："你真要跟他走吗？""他只要同意，我就跟他走。"

最终男子还是没有接受，逼急了，男子说："不是我不选你，我们年纪过于悬殊——你知道吗？我的黑发是染的，我的腿脚行动上跟二十年前没法比……"

"我年八十卿十八，卿是红颜我白发。"主持人以古代人80岁娶18岁女人举例，成熟男依然拒绝，他慨叹说："苏东坡大才子不是评价了吗？'苍苍白发对红妆'，还是莫让枯槁颓了花之蕊……"

女孩眼也潮了，男子说："我送你下场好吗？"他挽了她的臂送她离开。

回来之后，主持人也纠结地问："你为什么就不敢答应她呢？"

他微笑着，安详地说："她很年轻，会有更合适的。不是我要拒绝，真的是不忍心答应她！"

现实生活里，我有一位同学，母亲是父亲的学生，当年，壮年的他，被少女的她热恋，他们成了美满的一家。但是，在我的同学读高中时，父亲已近六旬，母亲尚且青春，他们的不和谐不幸福，带给我这位同学内向、敏感、脆弱、迷惑还有伤害。双亲闹离婚，她流离失所地辗转住亲戚家。

她恨恨地怨母亲："早知如此，何必当初？"她喃喃地怪父亲："早知她如此，何必你当初……"母亲怒极："我瞎了眼，我肠子都悔青了！"父亲只凉凉地望一眼她这当女儿的："我看她追求的可怜啊，以为她是真的……"末了，父亲说，"你母亲当初是真的，现在也是真的，我只悔，当初不该心一软就应下她。"

也许是轮回，也许是遗传，我这同学，在年近不惑的时候，却被她所带的研究生追求。当时她的婚姻亦亮起红灯，那年轻如小马的研究生炙热的感情，很让她动心，他的美好、他的专注……

她说："要是我再年轻二十岁多好。"

可是怎么可能，"恨不相逢未嫁时""我生君已老"，这些句子背后的温度，她都反其意而深深领悟，感叹在心。

但是，她终于，让心旌不再摇曳，"不可能。"她斩钉截铁地说自己的决定。看着他痛，她知道他只是痛一时……

"其实你完全可以答应他啊，他毕竟也是奔三的成年人了，老妻少夫现实生活中也不是没有啊。"有人说她，况且她的婚姻已成鸡肋。她说："我一辈子与我的鸡肋一起生活，也不能害他。"

后来，她那位研究生毕业之后，有了美满的家庭和事业，他还带新婚妻子回校园看望导师。他居然要行跪拜礼，她坚决不允，只说："谢谢你们来看我。"她说，这才是合适的幸福，于谁都好。

合适的才是幸福的，婚姻里常常这么讲究，过来人挂在嘴边的这说法，是俗语不俗。过来人没有说"有爱情就有幸福"，有爱可能幸福，但未必就能幸福。但是合适就不然，合适就更容易幸福，幸福得更可以深远一些，长久一些。所以，还是找合适的结婚吧。

他在拒绝青春女孩的时候，说："她会遇到更适合她的幸福。"

她在拒绝青春男孩的时候，同样说："不适合你，你会有你更合适的。"

他给主持人说："不忍心拥抱她，只挽一下她的臂，把她送出我的视线，她有她的方向。"

她和小夫妻告别的时候，只握手说："祝福。"仍然不舍得拥抱他，还有他的新娘子。"他们的快乐和幸福都是娇嫩的，我只以我的沧桑而避免，哪怕是一丁点儿的伤害。"她如是说。

是不是，生活里，现实中，有这样一种，因了爱惜、爱护、保护、维护……才有的一份拒绝？这是更深沉、更含蓄、更美好，更应该令对方感激与感动的一种爱。那么真纯、诚挚，是以无私的善意无形地裹藏着，躲开的是自己，让开的是一片更金黄灿烂的麦子地——您刚入地边，年轻的亲爱的，往更深更金黄处迈进，有更大的、最大的、金灿灿的麦穗，等着你，那才是属于你的一穗饱满而丰实的爱与幸福。

请为这拒绝和避让，鼓掌吧。成全了对方，也规避自己的一份人生忧患——即便，不说那是隐患谁又知道呢？这样的拒绝，真的是一场虔诚——屏了呼吸，让花香不落下来，飘香在它该去的掌心、心襟。我衣衫，只飘扬在他或她路过的风里，轻说："你是我路过的一朵花，而我，只要你好，我心已缤纷地如意。"

想起钱钟书在《围城》里，不忍心把唐小芙给了方鸿渐，实在是因了一份懂得的心,那芙蓉花一样的美好女儿,宁愿她失恋,也不要弄折了她的芙蓉羽衣。

亲爱的,爱你啊,你的青春容颜,你的清新俊逸,所以,不忍,以我苍颜颓你青青蕊。

爱你,我才拒绝你。

心上一点春

春日里，百花开，办公室的女人们也如花绽放更多热情，热情地一遍遍热议男人女人的永恒话题，同时攀比男人给自己置办的春装春服雪花膏美白蜜之种种献礼，末了也讨论春光明媚韶光流逝自己给自己什么奖赏。

"谁是谁的春，谁是谁的心，谁是谁的春心点点，谁是谁的心上那一点一点春？"

坐我对面的美女小菲并不热衷办公室的这场大戏，哼唱着流行歌曲《谁是谁的谁》，自顾自地编起新词，续新歌，听得坐在她对面的我，也跟着她下了道，忍不住笑得茶水喷薄欲出。

她瘾症般地望着我，见怪不怪的模样，我圆张的嘴巴僵呵，僵得收拢不来。

"有这么好笑吗？"她被我的怪样逗得笑了。

"我笑你心上，一点一点春，哈！"我僵硬的神经又活络了，"羡慕你啊！"

"我？羡慕我？"她点了鼻子，半是问我，半是思忖，"我失恋，被抛弃，你还羡慕我？！"她瞪着大眼睛，同时，鼓着小心眼儿，"别看我笑话啦！"

"没没没！"我忙说，"真的没。谁还没被抛弃过咋的？"

她又瞪大了眼，明显收起了她的小心眼："真的没？"

我乐了："真的，想当年啊……"我开始像当年老外婆，讲桩桩自己听来的故事，也裹杂着自己的感受，给她诉说心上的那一点一点春，如何被辜负，如何零落成泥更护花——护那往日花，不灭的情。如今说来已是笑谈，当初，每一个经历者，也是伤筋动骨。

我笑，她不笑："可我好难受好难受耶。"她颤音悠悠，一双大眼睛空空荡荡。

我认了真，给她说："心上一点春，还愁桃花不满园吗？"

"我心里有春吗？我怎么感觉寒光照铁衣呢！"她苦着小脸儿。

"你又不是花木兰，哪来的铁衣？我看你是心上春光明媚，心头桃花烂漫哩。"

我笑着上课去。想着，人生充满春情画意，全指靠信念里的那一点春芽，是希望，是力量，闪着光，照着每双前行的足。讲着课，我便也在学生的心上，种下点点春光、滴滴春色、缕缕春意，春华秋实，我乐呵呵地给学生说："春种一粒粟，秋收万颗子。"我穿行在教室里，察看种子入土的情况："谁的字还没写对？谁的课文还没默写？"这可是这世上最好的春播呢！

我心上也一点一点春呢，因了春意，早上来上班的时候，冲着撞着我前面车轱辘的那哥们说："没关系！"也冲忘记我生日的先生说："祝你老婆生日快乐，祝你俩桃花朵朵开！"

想着先生那一脸尴尬，我的心上朵朵桃花开，哼着小曲下课来。

小菲捧了我说："嗨嗨，桃花姐——！"什么桃花姐，我瞪眼望她。

"真的呀！你送到我心上一枝桃花耶！"

"那是你心上本来就有春一点，我一点——"去点她眉宇，"你就桃花朵朵开了！"

她叽叽喳喳说，我花开烂漫地听。

小妮子一扫数日来的阴霾容颜，春风吹又生，她的桃花面又重新映照进我的双眸。办公室女人们的热烈讨论，她不参与，却也支起耳朵听着，笑起来。她蹦来蹦去，又像一只春天里的花孔雀了。

望着她，思想起，很多时候，我们心上那一点一点春，都自生自灭着来去，为何不把那春痕一点点点开来，让它化成和风与细雨，滋润生活的画卷——心田、友谊、情爱……

谁与谁相逢，谁与谁结缘？何必狭隘如桃花，只红了一季的那短短几天？缘亦不止于情缘哩，缘有很多缘，缘有好多种，也有好多层，同事缘、朋友缘、路人缘……善良与善良相逢，好意与好意相遇，结个和谐和美圆圆的缘吧，春风相随，快乐相伴。

陌生人、相识的人、相亲的人、相爱的人、相怨的人，心上一点春，点点打开，层层绽放，朵朵春花，匝匝春色。春在心上，心上满园春光无限，无限好着的，还有，一页一页，一章一章，一部一部……翩然成岁月的华篇，静美，安好。

时光里，心上一点春，是女人给予自己的最好妆容，是女人赠予男人的绝色风姿，更是女人奉予世界的至艳芳华。

嫁个弱势男

小芳在单位里是见之人羡的一个女人——从来十指不沾阳春水的。

中午时分，单位的女人们都匆匆地回家，忙忙地买菜做饭，她却寂寞得什么似的，遇着个人都不想让人家走开。"说会儿话呗！"她要求人家。

"不回家做饭啊？"

"俺家那口在家做着呢！"她面不改色心不跳，十万分地理直气壮。

有时候同事说："早上又看到你家那口出来给你买豆腐脑。"

"那是，他闺女爱喝面汤，我爱喝豆腐脑。他做好面汤，再出来买一趟。"

也有同事说："看你多有福，我一口不做都吃不上。"

小芳居然回答："他做好了，我想不想吃，还是另一回事哩！"羡慕得一圈子人要吐血。

也许小芳够强势，也许她的丈夫够弱势，可小芳也一月几千块人民币赚着呢，事业单位，工作稳定。也有女人背后议论："要是让你也找个这样的，也享受这待遇，你愿意吗？"回答立马就闪烁其词了，也有的干脆闭口，或者直接摇头，甚至斩钉截铁："不愿意。"但是每每女人们在家里受了气，或者控制不了丈夫了，又会说："看人家小芳多有福！"

可我知道的是，小芳家所有社交事宜都是小芳在做，购房，因房而生的官司，女儿的入托入学，她自己、她老公的职称，等等，都是小芳一人操办。她给我说过，第一年老公职称评定没通过，他回到家，极郁闷，一下子躺在床上，叹气："你也不管我……"他说小芳。

第二年，小芳早早打点，做好准备，通过各方"神仙妖孽"，低声下气也罢，费尽心机也好，反正，总之，是把老公的职称评定指标要到了。填表的时候，他这个天天洗衣做饭的好丈夫，把表格又弄错了。火烧眉毛的时候，深更半夜，小芳又求人家到单位拿到一份表格，这一次，小芳不敢大意，亲自出马，仔细填好，天已大亮，赶紧交上去。随后，小芳又请假，带着女儿和丈夫，到省城，找亲戚，托关系，终于，老公的职称通过了。小芳说，她这回可减肥了。

这样的小芳，这样的老公，她心里明镜似的，老公就是洗衣做饭，其他的所有都靠自己打点，老公是指望不上的。

同学小佳，口口声声说自己嫁了个弱势男，数说先生的弱势行径和罪状。

与小佳同一年大学毕业，却比小佳大四岁，高三上了三遍不止；小佳的高级职称早评过了，他的中级职称还没保证呢；也不强势的小佳，在单位被"不公平"了，同样的事情，别人就有丈夫，一趟一趟出入单位"老大"的办公室，直到扳回为止，小佳的事，事怎样就怎样了。终于有一天，小佳夫妻与单位领导碰面，小佳也低声暗示，"说两句让领导关照的话"，先生果然就说了："小佳在单位您费心了！"这话挺上路的，可末了还有一句，"她有时候不正干！"天呀，我啥时候不正干了？是工作上，还是生活上？！小佳当即就蒙了。随后"评先"的时候，就有竞争者拉票时宣扬："她老公都说她不正干！"倒是这位单位领导大姐还挺明白："小佳内向，做了很多工作，也不会说，人很踏实。"小佳眼泪都要掉下来……

这样的先生，让小佳痛苦着，崩溃地说，有一次他把摩托车和儿子扔在一个路口，自己回来取东西。小佳以为他又把车丢了，他说："车在那里。""孩子呢？""在看着车哩！"天啦，孩子那时刚2岁！小佳一听就急了，骑了单车奔跑："车子丢了不要紧，儿子丢了活不成！"早上去买早餐，交了四个包子的钱，回来一看，人家少给一个包子，他还说："算了，我少吃一个。"走路的时候，碰到路边的一个障碍物上，眼皮子缝了两针，生气的小佳两天了想起来问："打破伤风的针了没有？""没有，不碍事！"结果却"碍事"了。同行去旅游，小佳的先生，是被人家用报纸敲着脑壳理论的一个，而女同事的老公，则是一嗓子就把对方喊得直发抖，颠颠地跑过来问："先生怎么了，有什么需要帮助的吗？请多指点！"……

小佳也是有福的。先生不在外边拈花惹草；小佳自己的事能自己做主，不像有的女同事，买回一件衣裳，被丈夫评长短，论半天，被斥责"不好看，没眼光！"小佳要数落起先生来，先生也只是好脾气地默默不语，别人的丈夫，提起来总是不禁数落，一点就着火似的。

呵呵，嫁了个弱势男，女人不强势也不行；嫁了个弱势男，多弱势的女人，也有一点发挥的余地了。嫁了个弱势男，慢慢腾腾，也风平浪静地，过日子。

弱势的日子，弱势着过，外人谁明白？

女神行走人间路

微信上,一位年轻的朋友发感言:致所有生过孩子的女神们——

女神生完孩子后,女神就是女变形金刚,强大万能。

没有女人办不到的事。能生孩子,能做家务,能上班挣钱,能容忍老公的缺点,为了孩子继续过下去,能不按时吃饭,也能吃孩子的剩饭,能一晚上起无数回,也能在困得要死的时候,听到孩子哭就马上爬起来!能为生孩子承受身材走样,也能为老公不出轨努力减肥,几乎能接受一切不合理的事。

女神啊,成为母亲的女人啊,你真伟大!

泓儿看着,她就笑了,想自己也是这样的一个人。

她生孩子,院里的阿姨都会说:"想象不出来这闺女带孩子会是什么样。""像个仙女,真想不出来她能带孩子。"这样的问题,老阿姨们也曾当着泓儿的面,疑疑惑惑地探询过。当了解到,泓儿的老公在百里外的县城挂职,婆婆年过八旬不能帮助,亲妈多病也伸不上手,愣就是做姑娘时候十指不沾阳春水的泓儿一人"全能",工作家务,家里家外,孩子老人,交煤气水电费,通下水道,针头线脑,全是泓儿——还能指望谁呢?院里的一群老阿姨目瞪口呆,只有同龄的大丽为泓儿解嘲:"哦,才知道,长得漂亮,生得仙女一样,也得照样做家务呀!阿姨们还以为只有长得跟我们这样难看的,才在家干活呢!"

大家一哄而笑,泓儿也笑,牵着小儿的手。阳光温暖地照着在说笑的每一个人,没有区别哦!泓儿微笑,她自己也觉得恍然如梦,不知道是什么样的魔法,令大神一样的她,变成一个通透如此的婆婆妈妈的小妇人。她又何尝不记得,当年有男神瞄住她,给人说,烧水时候只要知道说"开了"就行——人家也是看穿她居家能力一无所长。而今,那男神电话打来的时候,卫生间开着洗衣机,厨房蒸着小儿爱吃的红豆鸡蛋羹,她正在挥舞拖把擦地,没有听到,等到抬腰看见电话亮,回过去,那边还当她是当年腹有诗书、亭亭玉立那女神范儿呢:"你是不是又数云彩啊?"她笑,说如此,那边惊诧不已。她缓缓说:"云彩都被焖炒锅里炖菜吃了!"那边于是笑炸了。

泓儿有一句经典的话:"多急的脾气面对孩子,也变得好脾气;多好的性格,面对孩子,也有着急的时刻。"她还说,她早把她女神的七彩云裳收起来压箱底了,再抖搂出来就太不合时宜喽,会变成鬼怪妖魔!

有位神女阿诗玛,由两个女神范儿的女子分别主演,两位阿诗玛一样被当时的人们和局势捧上了天,又被当成"美女蛇"打进了牛棚。一样的女神,一样的阿诗玛,浩劫之后,一个自赴黄泉,一个历尽劫波,苦海度余生。剖及原因,一个一直是女神,她的心里只有她自己,人间的苦难打败了她;一个是两个孩子的母亲,她的心里全被孩子挤得满满,装不下自己的苦难,吞咽着苦与难、血和泪,她在为孩子们留母亲,熬着,盼着,孩子长大，她因此存活了自己。两位阿诗玛，一个一直都是仙界女神，一个则是下了凡尘的母亲，一步一挨，行走人间路，一路泥泞一路坎坷，踏平荆棘，成繁花。

这样的母亲也多，这样女神落凡间，承受烟熏与火燎的不少。

院里的泓儿说，她喜欢自己的人间路，七仙女不也是向往凡尘嘛！凡尘里的她，有孩子嫩软的小手、老公温厚的大手、老人慈爱的糙手，相牵相握相携伴，有责任有义务，有辛苦有幸福，有酸涩有甜蜜……她不再飘飘欲仙，她稳稳地行走，在人间，在天地苍茫的时光里。

享得福，吃得苦，女神行走人间路，女神可爱又可敬，人间路更多了清香，多了铿锵，多了旖旎情采。

男人的私房钱

随心理研究员做一项调查，调查显示，现代社会九成男士背着老婆存私房钱。

有某男打油诗为证："老婆诚可爱，零花给太少。爷们儿想专政，就得使绝招。"

所谓绝招，就是小心存点私房钱啦。

为什么存私房钱哩？小李讲，给乡下的老娘，老婆给的那点不够；小王讲，接济读大学的侄子，侄子不属于有赡养义务内的；小张说，狐朋狗友——我老婆的话——聚会用；小林犹疑半天答，有个说得来的红颜，活动经费；嘿嘿笑的，还有小董，为给初恋女友筹房款外借一万，现在私底下还账……

私房钱藏哪里？办公室、专业书、内衣荷包、朋友处、银行……

有被老婆发现吗？有说还没，也有说有。小林说，存专业书里的钱被老婆发现，面对质问，装迷瞪，钱被充公；小方说，办公室失窃，报案都免了，也就两千元，倒霉的是，小偷自己招了，追还回来，单位同事还送家去了，那个惨——老婆脸都绿了，晚上好一番求饶；小张说，自己有绝招——盗用老婆的身份证存银行了，有一天翻天覆地地打扫卫生，终于被老婆打扫出来，"咋回事呢？"对着老婆的发问，胆不寒，脸不热："还咋回事哩？问自己去，咱家钱都是你这样存丢的吧？"老婆迷瞪半天，居然说："可能吧，我忘记了。"哈哈，一群男人笑得响："这办法好！"

为啥存私房钱哩？还不是女人们太小心眼，小气。你想，男人谁愿意偷鸡摸狗似的整这个，还不是无奈？

怎么省下私房钱？瞒报，截流。也就这两种吧。奖金瞒下来，购物截获点儿……男人们不好意思地说着自己的伎俩。

怎么样才能不存私房钱？老婆放开了，就不会存了。有的方面老婆能放开，有的恐怕永远都不可能吧，比如小林跟红颜喝咖啡的钱，小董给初恋女友的房款……这些款子要放开，这女人还真不是女人了。——小林和小董同下结论。

能不能不存私房钱？有的说，事情解决了就不存了；有的说，还是得继续存，不然活得不爽不潇洒……

有没有不存私房钱的？肯定有了，林子大了什么小鸟没有呢？男人笑话着男人。

确实有的，老宋说他不存："因为我比我老婆小气——我要八百，她从来取一千给我，我要一千，她给一千五……给家人，还是外出花费，她喜欢绰绰有余。她就这性格，对她自己对家里谁都这德行，所以不用存了。"

小孙说，他也不存，懒得费心，实在急用的话，透支去，老婆心疼赔滞纳金，总是及时还款，也不是什么不符合原则的开销，老婆嗔怪几句就罢了，她也知道男人手上没钱不体面。

小洪最豪放："我连我老婆的工资卡都管着，我家我是财政部长……"

女人们看了调查结果和匿名谈话记录，表达自己对男人私房钱的态度：大多数都是通情达理，很理解；也有不少反思自己的。她们说，还是和谐最重要，为了私房钱伤感情不值得，更不能影响家庭的安定团结。阿丽最好笑："我喜欢老公有私房钱啊，他打牌也不用找我要了，过新年，他给我和儿子发压岁钱，我很高兴哩！支持老公存私房钱……"

璐璐却给小霞支招儿："趁你老公睡午觉或者什么时机，把他裤带上的钥匙拿出去统统配一把，周日到办公室查他小金库……"小霞为难得不行："不中，不中，那万一发现多尴尬？太伤感情了，不能那样做。我知道他有私房钱，有就有吧，他也不乱花，只要不花给小三就行了，花给小三可不能依他！"

华华说，她和老公各人管各人的账，有事情把钱聚合一起，也习惯了。"他不交给我，我也不想交给他，不然用着不方便，反正家里的一切都是他买……"

私房钱啊私房钱，在男人它是朱砂痣，搁女人眼里看，它是一抹蚊子血，虽不悦，亦无大碍；男人若是取下朱砂痣，虽无大不悦，却有点小麻烦——割一下，无痛，也不爽。

私房钱啊私房钱，男权社会，女人存它，是女人有需要；如今，男人存它，是社会进步的彰显，女人管钱了，男人多出来的这一份别样的需要。莫若成全吧，让男人们保留自己那份尊严，也成全这社会大进步带来的小精彩。

AA制怎么爱得透

七夕到，"迢迢牵牛星，皎皎河汉女"，仰望天空，我记得有谁说过"热透一次，冷透一次，爱透一次，恨透一次，苦透一次，甜透一次，梦透一次，醒透一次，笑透一次，哭透一次"，于是乎，人生就会……怎么呢？这个记不得了。

那日去婚姻登记处采访，无意中听到工作人员讲到现代小夫妻的AA制消费观，他讲了一个很经典的例子："一日，一对小夫妻，面对开出的九元缴费单，一人掏出五元钱。找他们一元硬币，两人硬是比硬币还硬地坚持让我找两个五角给他们。我不明就里，也不好拒绝，就给了两个五角的，谁知看到二位一人一枚，揣进各自钱夹里。天啦，见到过AA制，没有见到过如此经典的AA制！这日子还过个什么劲！"讲的人一副替人担忧的神态。

亲兄弟还要明算账，我的同事小平对此颇能理解。她的老公家在农村，花销大，不是一般地大，小平因此与老公大吵三六九，小吵天天有。终于发现了AA制，执行起来，小平不那么难以忍受了，她老公也感觉轻松了，倒也相安无事地过日子。小平讲："AA制是制裁老公一边倒的有效方法，省得把我的'潇洒'全搭进去。不让他养我就够了，凭什么我还得倒贴呢？亲兄弟还明算账呢！"可是过日子比树叶还稠，哪一个AA制了得？他们的孩子面临升学，眼瞅周围亲朋好友把孩子户口迁这迁那便利升学，小平也动了心思，她和一个同学去天津考察一番，途遇八九十个小城本地人，听这个讲那个说的，她终于决定，把孩子的户口迁过去。"买房，把你的钱拿出来，全都拿出来！"两个人的钱凑一起，还不够，明显的老公存款额少很多。小平说："按照AA制计算，你打借条，回来还我，不够的部分，AA制，各借各的。"孩子今年顺利大学毕业了，有人问小平："你家AA制的款还你了没呢？"小平摇头："生活本来就是一本糊涂账，AA制只是我抑制他家内耗过大的一个手段而已，让他记着吧！"她不自觉地爆家中隐私，"他那天对着我咕哝，夫妻不是兄弟，AA得不吵架了，久了真怪别扭的，好像随时准备离婚似的……"

小表妹大学毕业后，跟男友天各一方，如同牛郎和织女，每当听到她在电话里对男友说："应该你来看我了。"——两个轮流飞着或卧着看望对方，两人轮流着打电话，你一个，我一个，你一回，我一回……谁都怕吃亏似的。一日看着表妹热锅上的蚂蚁似的坐卧不安，一问才知在等男友电话呢，我笑说："你打过去不就得了。"表妹漠然言："该他打过来，干吗我要打过去？"一日又听到表妹冲着那边发脾气："我想你了，这回轮你买票来我这里了！"我和二姨听得一身鸡皮疙瘩："这样的恋爱还谈什么？"二姨唠叨。表妹嗔怪："你们老了，不懂！"我也附和："拉倒吧，那点银子都结合不到一起去，还指望着灵魂合二为一啊？"表妹笑了："还真格的哈，大表姐，你说说。"我说，AA制太算计，感情经不起算计。小表妹不说话，冲我挤挤眼："我们大学同学琳和她的男友才是AA制的典范呢，一个在上海，一个郑州，分手地设在合肥，就为平均分配哦！"表妹说着歪歪嘴巴，"就是要准备好随时撤退，这年头……"随时准备撤退了，还能往前冲啊？不往前冲，爱情的车轮肯定倒后——刚听二姨说，表妹相亲去了。

一路AA制走过来的林和青近日在协议离婚，原因很简单，青和男同事一同外出一回，途中男同事绝不答应AA制，没见过不AA的男人，青被对方迷倒了。"就因为他不跟我AA制！"面对丈夫林气急败坏的质问，青理直气壮地答。爱吃青苹果的青二婚后说："AA制的婚姻太压抑，现在可以放开喉咙吃青苹果了，爽！"不怕伤胃？有同事问。"伤胃也痛快，这样的爱情酣畅淋漓，哪像以前处处留后路的。"听说，青和前夫分手，还AA制清算了当月的电水煤气费，想必离婚的小本本也是AA制的？"这个不是，"青答，"我老公全买单了，连他的带我们的结婚证。"一群人听懵了，不懂地盘算，哦，她和前夫的离婚证，她和现任的结婚证，赶情都是现任老公买单。不由有人担忧，青，万一这回嫁错了？"嫁错了，我也认，没心没肺地爱一回，这辈子也值了。"

哦，想起来了，爱透一次，人生会怎么样——用心真诚地去爱，那样你也许会受伤，但那是使人生完整的唯一方法。"过来人都知道，不设防的爱，才是真爱；时刻准备全身而退，有一天，也真的会全身而退，要么退人，要么退情，或者一生会有退不去的遗憾。"——我家没了牙的太姥呜拉不清地给小表妹上课呢。

现代人条件好，爱情也要算分明，清清的牛郎织女星光下，我敲打AA制的爱情：也不知鹊桥上的牛郎织女，AA制可否爱得透？

风中的雪莲花

冬日的午后，蜷在暖暖的阳台上，看仓央嘉措的那首诗：

那一夜，我听了一宿梵唱，不为参悟，只为寻你的一丝气息。
那一月，我转过所有经轮，不为超度，只为触摸你的指尖。
那一年，我磕长头拥抱尘埃，不为朝佛，只为贴着你的温暖。
那一世，我翻遍十万大山，不为修来世，只为路中能与你相遇。

这时，电话来了，是我的一位文友，单位在新城区，一准又是饭后无聊至极，用电话来消食来了。"又不能回来，在单位？"她"哦！"个不停。

我说我也烦呢——天天工作像根绳一样，也把我拴得牢牢的。这也是她的感受，我在跟她共鸣呢！她曾自嘲说过："我跟条狗似的，被拴在一堆报表里，报表是一根拴狗绳！"

暖阳打在吊床上，我缩缩身子坏坏地朗声说："早知道不考大学了，不考大学就不会有这一份绳子一样的工作，卖烙馍，多自由！"

我的疯癫拉回来她的理性——算了吧。她开始给我讲她家门口那个卖热干面的女人。

我知道,朋友今天的"午后论坛"开讲啦——

她天天赚钱不少,比咱们的工资多得多,但是舍不得花。她羡慕有单位的人可以有周末休息。让她休一天,她又说,舍不得,耽误赚钱呢!

要孩子也晚,娇生惯养得很,孩子十岁了,生气起来,会抓着她晃,会踢她。

"这还了得,跟她说,收拾好他,不许不尊重不孝敬!"我急声吩咐。

朋友说:"我开讲,你别打岔。——是了,她说管不了。"

"怎么管不了,是她不舍得!"我又打岔。

朋友讲:"我也这么说她。那孩子不住校,她两口子也没时间照顾他,一家人说话都是喊着说,我提醒他说,阿姨有心脏病,你嗓门大,我受不了,那孩子就好一会儿,一会儿又忘记,再提醒。问他为什么不上住宿学校去,爸妈也顾不上管他。他答,住宿学校吃不到好吃的饭。他的衣服也都是名牌,价格都高。他妈舍不得吃,舍不得穿,总是吃孩子的剩饭。看见一回,孩子把吃剩下一点的甘蔗给她,她有糖尿病,就那也接过来吃了,不吃她孩子还不愿意。"朋友说,"看吧,她这样,老了孩子也难会孝敬她。已经有两套房子了,钱也不少,一家人从来没有一起出去玩过。我给她说,劝她出去玩,劝了好多回,才孩子跟他爸去了一趟北京,她自己到底没有舍得去,说是就这也耽误挣多少钱……一年到头也不容易哦!你还说要卖烙馍去,要是卖烙馍,照样纠结,又有不一样的纠结了!"

听着朋友的结论,我笑了:"我还比不上人家能干耐劳的!"

朋友说:"是啊,那是啥日子,除了赚些钱……"

想想,还是就这样吧。朋友的手机响起来,她要撂电话:"不给你说了,这相电话我得接。"她"有聊"去了,我眯了眼打瞌睡。

女人在朋友的讲述里,仿佛一朵风中的雪莲花。雪莲花于我,总是美好的,却是远的;犹如,那个女人根本不知道,这个冬日午后,她被人讲述,听的人赋予她雪莲花的形象——因了她的邈远与恣意的辛苦。

我琢磨着什么是我的雪莲花——别样的工作,年轻时的爱情,还是从来没有胆量的尝试,抑或从来没有下过决心畅意抛洒的汗水?

花和月,影与尘,在风中,雪莲花一般。有白衣胜雪,绝美飘摇。

阳光下,冬日的暖总是不一样的暖,这样的澄澈和透明里,我总是醉。

醉着想——

想我刚刚读过的仓央嘉措的诗,想他这个情圣,他这个活佛,他这个——大山上的雪莲花,当着好好的活佛不能适应,一心一意要一份红尘情事。

想他如果依然是父亲母亲那样的农奴身份,如果拥有一份农奴姑娘的爱情,他会不会,望着高山上的雪莲花,痴迷地想要做那一朵雪莲花呢?而事实是,他做了比高山雪莲还要稀罕的一个人、一个位置——但他不稀罕,他只稀罕雪莲花一般美好的一份尘世情。他深夜与姑娘去幽会,身后的脚窝,一串一串,如雪莲花,却,败了他心上的芬芳,泄了他的秘密——

雪莲花一般的心上的爱与火,瞬时,遇见雪崩……

风中的雪莲花哦,是一种传奇,是一份遥不可及的美丽,不盈一握,握在手心里的,永远是一葩残瓣,那一缕芬芳,总是飞逸在天高处。

这世界里，谁不是，天亮与天黑，总不能够两全，才得一份庸碌与正常。

我想，我还是蜷在阳台的吊床里，遥望仓央嘉措和他的诗吧。今生，我想我没有勇气做一个爱情至上的人。

对待爱情的态度，有时候，就是生活抑或是全部的生存的态度。生命里，我不是一个能恣意的人。雪莲花啊，你在我的梦里，而我，只是苟且偷安地，在阳台的暖阳里，想您怒放的容颜。

请允许我，在这样的一个冬日暖暖午后，想念您，风中的雪莲花！

请你不要百度我

兰花开了，它的香，轻轻飘上我的鼻翼。

你不要百度我——挂了电话，我好想追给你一个信息。

真的，不要百度我，应该让你知道的，我想叫你知道的，我自己会告诉你，其他的，你不必知道。

他说，你是省名师。那是几百年前的旧信息了，他说给我听，我知道他百度了我。他是当年的好朋友，一起同行去找老师套过考试题的好朋友，不同系，同年级。阴差阳错一直都有联系，若隐若现的那种联系，不是有意，多年来，一直这样。最让我印象深的是，我大着肚子的时候，他是唯一一个见到我孕妇模样的人，所有那些青春里一起喧嚣过的人里面，他是"唯一"！

他来我在的小城讲学，给我打电话，当时先生正陪伴我在河堤上锻炼，他的电话来了。我登时奇怪，凑巧电话刚才已欠费停机，他怎么能够打进来呢？留心了，才知道，那是欠费之后最末一个接听机会。

他说："最后一天了，明天讲完课要离开这里了。"没的说，我和先生慌忙奔了去，请他吃饭，不想负责招待他的，是先生的一个朋友，索性，朋友连我们一起招待了。

席间，先生的朋友对我说："你的同学聪明呢，博士啊，你怎么没有好好学？"我看着同学笑："同学是劝过我的，他劝我的时候，我想结婚，我想学习的时候，他又想结婚。"我们笑着，却发现我可爱的同学，奇怪地脸红了一层，我莫名地愣一下。

席间，男人们喝酒，他们互相敬酒，同学已喝了不少，先生回敬的时候，我说："要不然，不喝了吧？你们身体要紧。"同学立即说："那怎么行？你先生给我端的，我怎么能不喝！"于是，他们都干杯了。

席间，说这说那，说闲话。

分别的时候，他看着我的模样，看看先生："注意身体，多保重。"先生跟他握手说再见。他垂下头，说："喜欢一个城市，是因为城市里的人，祝福你们。"

送别同学，我和先生说这同学，说彼此在校园时候的往事，说着，说着，睡着了，往事也成了一团团睡莲，在梦里，漂浮着，一一开出花来。

许久之后，也有另外一个同学百度到我的信息，告诉给我。我不能问"你为什么百度我？"但是，我很想说，百度到的我的信息，未必是他应该知道的信息哦。"看来，你这同学对你用心了。"风中传来一句同事的评论。很感激这份心意，可是这份心意，让我感觉担当不起，又慨叹不已。

我一个老师给我讲过他的青春"事迹"。他百度到了她的信息，她在哪里哪里，他给我说，他还请她帮过一个忙。

我跟一个朋友要他的稿子，想看，他也说："你百度一下，以前的能搜到，现在不写了。"

和什么人说起什么事，他说，她说，他们说："你百度一下看看！"

这是一个到处充满了百度引擎的时代啊,这是一个没有隐私的社会。我刚才参加了一个公共活动,立即有一个、两个、三个人……见面问,电话来问:"看到你了……"云云。居然还有一个闺密问:"没见到你穿过这件衣服哟,很上镜!"哦,什么跟什么呀!

可是春天里,我还是得跑到春城去收取一份奖金,一堆的照片,又贴网上了。"不忍青春见白头……"——窘迫地对着那一堆帖子,索性,我也粘进自己的博客一堆照片,谁怕谁呀!

舞蹈妖精杨丽萍说的,很怕老,但谁也没办法。你不要搜索我的老态了好吗?给我们的青春留一份美好的回味吧。春风里,桃花溪水清清淌,照见芙蓉面的影像就好了,做什么要钓啊钓,直到钓出一个白毛老怪来?——你不怕吓人啊,你不怕吓人,你也不嫌磕碜?我先生说了:"在我心上,你永远年轻。"那是他捏着嗓子学鬼叫呢。谁的心上,谁不老呢?

要不你怎么总是百度我,你想看我老成什么样是吧?年轻的时候,有人说了,我老的时候,跟那×××一样。当时听了着恼,现在想来,是多么好听的一句马屁话呀,那×××老得多清爽安详。也才知道,人的老,在不同人的心上,有时还是褒义。如果,我是你的褒义词,你就不要百度了吧?如果我是你的贬义词,又何必让自己心烦一回,那也不要百度了吧?

其实,你百度,你不说,我也不知道。百度了,还要来告诉我,是恶心我一回,还是娱乐我一回?哎哎,你这朋友,别让白毛老怪吓到你!其实,百度里的我,我都未必喜欢,谁又何必众里寻她千"百度"?

有一个朋友,要加我QQ,说是想看我空间里的内容。我说,什么也没有,全是转载的。她说,不会吧?我答,怎么不会,能写的,能说的,全都在暴露癖似的文章里暴露无遗了，撇下的什么也没有了；即便真的有，不想说，不想写的，自然哪里也不会说、不会写了。

我想起有一个"别人"，百度这个那个的信息，好朋友们的，同学们的，亲热过的，薄凉过的。其实，何必，又何必？各过各的日子，各走各的路，各自安好。"为了一份怀想，你不懂吗？"我的一位有百度癖的同事如此质问我。人的感情是多层次、多趋向的，甚至有一个同事还说："情感具有多指向性，此一时，彼一时，彼一时，此一时，百度一下，又何妨！"

何妨，又何妨——又何必百度呢？

真的，我们爱的，爱我们的，何必百度。我在你心上，你在我心上，如那一缕兰花香，香来，香自来，花开，花就开嘛。我知道不知道，你知道不知道，它都在，它都开。花香，香，自然就香了，何劳举手投足，拈拾起，收眼里。在心上，就够了！何必彼此牵掣情绪和记忆。

就让我存在百度的海洋里，如鱼儿，等待天黑，到天亮；就让你醒在百度外面的天空，玩凉凉的云，看彩霞飞翔，赏星光灿烂。

真的，请不要百度我，我说谁，谁知道。往事的版权归我所有，不许询问，也不许反驳，辩白、默认、赞许，统统不要有哦——只因为，光里的影子，只是一派春风的舞蹈。不许！不许。再说一遍，我说谁，谁知道。你知道，就是你。

兰花的香，轻轻飘在空气里；花儿睡了，香还在。你沿着香味，走得远远的吧！

——你是谁呢？是我们每一个人。走过去的时光和岁月，阳光如金，月光如银，岁月长。

——请你不要在心上百度我。我在蓦然回首的云天之外。

——我是谁？是一片叶，是一缕光、一阵风，还是一滴露水、一声鸟鸣？……别问我，你问我，我问谁。你不问，我安静地在；你一问，我慌慌地消逝。我想我是红尘里那一粒红闪闪的尘，安详在每一个春秋冬夏的水之湄，在你在、我在、生命在的地方，不在百度里。如若你不是相随以远的岁月，再请你，莫去百度里寻——她不在那里。

　　她在红尘，深处，有桃花溪水，在自然丛林里，那个披头散发的小茅屋。你到不了，那么远……

花开如斯

那一年,我和Z在杭州看西湖。二十岁的年纪,恰逢多梦时节。

一日,Z留守在杭州大学招待所候同学,我则独自一人又溜到不远的西湖边。东方日出晴方好,波光潋滟处,处处有我的遐思万种。

我在仅有的一个空椅上坐下来,想我们说的一堆傻言语,想我们相约待到映日荷花别样红,再来读接天莲叶无穷碧……我第一次品味到生命中如痴如醉是什么滋味。

"荷花开时是什么样呢?"——一个声音惊动了我,才发现身边不知何时多了个陌生人,他在忙着夹画纸哩。

"和男友一同来的,小姐?"

"您怎么知道呵?"

"我昨天在这见过你们哩!——从哪儿来啊?"

"我从信阳,他从北京。"

那人笑了:"怎么回事?"

"我大三,他读研。"

"哦,国庆节到这约会来的。"他明白地点点头,大大的双眸显得空荡荡的,"小姑娘,怎么不问问我呢?"

"那您呢?"

"我是一个人,本来是应该两个人的……"他不说了,我也就不再问。

我看我的西湖,他绘他的画。不时地,我的目光也回到他的画板上,感觉他好像不是很专业,涂来涂去的,远没有西湖有味,也不耐烦看了。

太阳当空的时候,Z带他的同学到湖滨寻我,午饭后告别Z的同学路过这里,发现画画的人还在,就指给Z看。一起过去,看到他画的西湖里开满洁白的荷花。

"还没顾上吃饭吧?"听到Z问,他抬起脸,眼睛湿湿的。

"这有些灌汤包,别嫌弃,先垫一垫?"

他没有客气,接过了包子说:"小伙子,我也是北京来的,你是哪个学校的呀?"

谈话中我们知道,他是一位北京医生,妻子是他医学院的同学,两人相爱相知。妻子喜欢荷花,他们很想来看西湖荷花,可假期总凑不到一块,不是这个加班就是那个单位离不开,一直没能如愿。

"这次国庆假期呢?她……"

"她不能来了。两年前,她患了癌症,已经去世了……她多好……"我恍悟北京医生的白荷花是什么!

黄昏我们牵手离去,医生的《西湖花开》已收笔,但他说还要再待一些时候。晚霞里回首,他静默地坐着,Z说,他心里的荷花还没画完呢。

我和Z一直都记得这位医生和他的荷花,就像记着杭州西湖一样。相处的日子里,我们非常珍惜花开的分分秒秒,明白生命有时短暂而脆弱,但情感坚韧长久。

面对毕业后两地工作，山长水远的问题，几年后我和Z疲惫地感到，生命有时坚韧长久，情感却脆弱短暂。分手时Z跟我说："我会像记着西湖一样记着你和初恋，记着西湖滨北京医生的花开的无奈。"

生命里，花开如斯，美丽一样，无奈一样吗？

往事如风情已远，我有时想起北京医生，想着，西湖荷花年年开，他去没去画那些盛开的花儿？

歌唱一件往事

陌上花，开似锦；柳眉青青，碧如玉。

她去看他，仅仅去看他。

也许是给青春作个结，也许是给过往的情怀画句号，也许什么都不为，只为她想去看他一眼。

凡俗地，只因她"明天就要成为别人的新娘"，是不是想要矫情地"最后一次想你"，她不知道，她只知道，她想见到他，一面。

她去了，坐了只有一个人的公交车，到小庄——小村庄的小庄，所以一个人的公交车上，满了绿色和清香。

他出来迎了她一下。"我们来了客人都坐这里的。"她已坐下，他依然在指着那沙发说。

她不看他，心头满是烦厌。"你家在哪里住啊？"她脱口问他。她的意思是：哪跟哪啊？各过各的吧，我只是路过你，来看你——来看我的青春，来耕织虚无。

他愣没愣一下，她眼睛和心都没有去看，也许看到，已直接地忘记——从这句话开始，他再说什么，问什么，她都不再想得起来。忘记，我都忘记，记不起来了，想不起来……她开始一再地说，要离开，要回去。

出于对她走路的不放心——公交都市，他知道她肯定是不识路，他一再问去哪里，回何处。

她懒得说，慵慵的情绪。他生气地说："我给你说怎么走回去！"

她心上满了薄凉——我怎么可以走回去？如风，如日月充满光辉，那么多的青春日夜，那么多的分分秒秒清风绿叶太阳光的我的青春的曾经的爱恋——你，我，怎么可以走回去？

她无声息，走出来，经过另外的办公室，他的同事叫他。

他说："我去送……一个人。"

她不禁在心底悄然一笑。是的，"一个人"。红尘里，多少这样的人。"一个人"，我们彼此都是，"一个人"。

一种感觉一凛，她望走廊里那面庞大的镜子——镜子里映着两个人。她的目光触到他的目光，在镜里，彼此躲开。

她用"僵尸握手法"，与他一握告别。那种硬硬的感觉，那片绵绵的缠绕，分开后，再也回不来。

不必回来。没有回头，她走了，径直离开——还是悄然回了一下身，他正一俯首的样子，她看到。

她什么都忘记，多年后，还是什么都忘记。

八年抗战，十年磨剑，什么都不算，所以全忘去。她在心底说，也曾给知己的姐姐说过。心里有哪处被时光的闪电划开一个口子，又合起来。什么也看不到，什么都忘去。

她是疤痕体。灵魂深处，那么深的疤，蚯蚓一般，深壑一条，横亘了青春和生命。今生今世，忘不掉，抹不去。爱过。他知道。谁都知道，神仙也知道。

陌上花又开，楼头柳又青，如锦，如玉，如你。有情，如画。

多少年后，她又路过那条街道，冬日的阳光明媚，灿灿烂烂开了一地，如水，如花，如藻荇。漫步在青春往事里，歌唱着这一地阳光明媚。

当年的大门已改，一栋一栋老楼，老了，张着一双黑洞洞的眼睛，是那残破了的一扇扇旧窗。静默着的一块块砖块，一如芳菲落尽。容颜似铁，淋漓地流淌着空空荡荡，是那一层一层的房。蛛网角落，有串电话铃声清脆响起，芳华满了住室，谁的青春身影一冲而出……

"马上这里什么都不会再有，怀念也无法怀念。"着黛灰棉袄的一位老人不知何时立在身旁，轻轻说。她转身微笑地望老人，能分辨出，这是这里退休的一位老人，口音还是她家乡人。她没有多言语，嫣然地笑——老人，俨然，当年的少年郎，多年后的模样。

笑一下，她跟老人告别："老师，再见！"一声老师，老者似乎听明白了什么，不再继续指点给她："三个区，孩子，你去哪个区？"

怀念与怀念不同，走在阳光满地如花如梦影的青春旧街道，她想到，他的怀念与她不同。他一心一意地离开了这里，去了他的地方，他离开的，是她来怀念的。

陌上花开，如锦绣，歌声如水，时光咏唱着怅惘，谁拈了一袭虚无，耕织在往事里……

谁是谁的谁

我把我和你的爱情故事,写在网络里。

一次次,希望你看到,你看到了,却不以为然。

恍然发现,这世界天天上演雷同的爱情故事,你是谁,我是谁,谁是谁的谁。

连初恋,也雷同得没有新意,没有独属于你我的细节。

《山楂树之恋》那么热,就因为,里面有每个人曾经的细节。爱的情节相同。

如同白萝卜、卷心菜,那么一样,入口,消化,吸收。

日子一样,情恋也一样。

想一想,曾以为你是我的谁,我是你的谁,其实,谁又是谁的谁呢?

有一次电话给你,新的单位,你没听出我的声音:"喂,哪位?"

我居然鬼使神差:"我呀,还能是谁?"

那是自以为是,自以为当然。如今想来,讶然失笑,谁是谁的谁?怪不得你问我,哪位?

我其实真的是你的"哪位"，如同你又是我的哪一位。

坠入失恋的泥潭，不出来，不能出来。一次洗公共浴，我晕塘子，对着同伴："你快点，我有点晕。"

同伴还在与人说话，几秒之内，我居然真倒下，软绵绵的，装的一样，控制不住自己。

同伴见状，惊呼，把我弄在窗户口，吸氧，透气，找工作人员要来一杯水。

我缓过气来。

回到家里，关起门来，自己想自己。我若是那会儿没了，还想谁呀。我是谁的谁，谁又与我何干？"万钟于我何加焉"，况你于我乎！

泰然了一阵子。

开始恋爱结婚。

没想到疫情来临的时候，你居然发了信息来："不要掉以轻心，真的很严重。"

我再次心灵失重，我想哪辈子肯定欠过你的，总被你牵着感觉。

生孩子的那一阵子，老是做有你的梦，乱七八糟，有时醒来记得，有时根本就不记得，只知和你有关。

那一段我决定不再和你联络，没劲啊，我怕孩子长大知道，说我老不正经呵。

乱梦乱蓬蓬，终于放心不了，电话过去，你没接，更不放心。电话回复过来，说："挺好吧？""挺好的。""那就好。""你呢？""也挺好的。"

……

谁是谁的谁，有痕迹，没有痕迹。是谁，是过谁，不是谁。爱谁谁。

谁是谁的谁，莫论，只当陌生人群里，我不认识你，你不认识我。只信那份际遇，邈远、苍茫，只天地之间，一线暖，如春天。

愿这份雷同，在人间，人心间，不远不近。

心上的谁，任谁谁，不辨不语。谁是谁的谁，乱红飞过秋千去。

谁都不在。

小女子清纯的声音，在小树林依然轻轻："It's me！"

没有谁，还是我。没有谁，就是你。

办公室的老婆婆嘟了嘴巴发表宣言，说："别不信，你的心还在他那里；也别不信，他的心还在你这里。"她说世上所有的初恋，她说岁月红尘里所有的男女。

你说呢，到底——谁是谁的谁？

其实，真的，谁也不是谁的谁。

土豆不长花是为了更好地长土豆，可这一点吃土豆的人明白吗？

先生始终很哥们儿，蚂蚁一般坚毅，蚂蚁一般执着，扶助我的脆弱，牵携我的笨拙，走过春秋，走过冬夏。

《年华似水》的歌里，谢谢青春，谢谢你——此时，我正在的河南大学，我看望我的青春啊，在你的青春里……

第四辑

在你的青春里，看望我的青春

拖着行李，雨中走进河南大学培训中心，步上楼阶的那一刻，一缕清爽的芳香扑入我的鼻。

花香扑面而来的那一瞬，我在雨水里行走的落寞与辗转赶路的尘埃，顿时一扫而光，心一下明亮起来，晶晶闪烁的，是一树一树金灿灿的桂花，还有我重回大学校园的兴奋。

喜欢秋高气爽，更喜欢秋日校园里那份独有的宁静和疏朗。

于是，在桂花飘香的清晨，我早早地起，奔跑着赴进芬芳弥漫的校园。

处心积虑——我要去看那些干净的脸、清澈的眼，看它们是不是在花香里流淌，成河，成青春的歌、岁月的天籁，这样的天籁，我迷恋。

这一次培训，使得远离校园许多年的我，我们，又重新回到菁菁校园，当然，此时，我已是孩子妈，同室的、同来学的，哪个又不是当爹当娘的？

看望青春的眼神，充满欣欣然的羡慕——我是这样的，同行的同学们，亦然。

充满了羡慕、嫉妒、爱。爱校园里沸腾着的青春,爱青春弥漫的校园,这氛围,这情调,更有一个一个情节,一个一个细节——排队打水的水壶,铺天盖地晾晒的被子,怀抱书本的行走,拎着早餐赶课堂的匆忙,还有那一逗一乐一趣笑,一闪而过飞扬的长发,偶然回首而望的神情,校园的各样社团,大小的广告纸片……

如果青春重来,我依然如故,"水来,我在水里等你;火来,我在灰烬里等你",不会改变。

"多情"如我,在同室妈妈版同学还在呼呼大睡的时候,轻手轻脚拈了房卡,跑出房间,扑入桂花澎湃着的芬芳校园。一次,又一次;一回,又一回……

我看不够,看不够的不知是我的青春,还是校园里学子们的青春和美好。

我只能说,我爱,我陶醉,在这桂花飘香的金秋校园。

往事,纯粹,美好,花团锦簇,一幕幕汹涌而来。我的心灵如在饕餮,青春似美味,回忆是佳酿。

沿着大路、小路、阡径、荷塘花径、亭台回廊、楼阁青青阶……我向上,向前,向青草更青葱处漫溯,向花香至浓艳处寻访——

我看到一张张干净如晨曦的脸,一双双明澈如星辰的眼眸,在读,在背,在朗诵……琢磨,揣想,思考,求索着,那么专注,凝思,凝神——让我驻足,惹我凝视,凝视,再凝视。

我看到他们,也看到我自己,曾经站在池塘边晨读文论,曾经伫立小树旁默背单词,也曾经啊,对着天上的流云,吟诵唐诗宋词、先秦散文……

我也看到,有极少的两两,同吃早餐,共一张长椅晨读晨"练",朝阳如水的站台，亦有两个小儿女拥抱在一起，送站的，久久地，不松开。

回望，回首，看着他们，那么年轻，分明就是年幼的爱情。我心上笑一笑——只管糊涂地爱一回吧，它也是青春画卷的一部分啊，我只管祝福了！

我也看到水岸边的金柳。金柳何须在剑桥，金柳边奋发的朗读声，金柳下闪烁求学、求索、求问、求是的眼睛，哪一波黯淡失色于志摩与剑桥的国王学院呢？哪一处潋滟也不逊于那时代那方云彩……

哦，我爱的青春，近在眼前，青春的行云流水停驻在头顶的云端。

我诧异，回忆和现实如此之遥，又如此切近——

谁说，我不是他们？谁说，他们不是我？

青春都是一样的，美好，美妙，不可言，不必说。

我快步前行，还是在庞大的校园里迷了路。

我找不回，回宿舍，回到现实里的路。

路，那么多，我找不到，回到青春，回到现实的路。

穿行在学子们中间，我已不合时宜，他们群蝶展翅一般朝向教室涌，我正逆行，往我现实的方向。

他们看我，怪异地，不解地，不以为然地，视若无睹地。从我身旁走过，有慌张的，有淡定的，有幽静的，有动荡的，如楷书，如狂草，他们的步态把我掠过，掠过的，有我的羡慕嫉妒爱——爱啊，爱这走向教室的感觉。

他们并不自觉，也不知道，从他们身旁急切赶往现实住处的我，是多么赞叹，由衷礼赞，这清晨的校园，这清晨校园里的晨歌！青春之歌，岁月之歌！

要强的我，终于不再倔强——我开口问路。"呀，好远呢，你就在这里用餐好了！"年轻的男生女生惊叹，站在北苑餐厅门前的我，却要询问回到南苑餐厅的路。"我要去那里找人。"我只好这么答。

是呵，找人，找的那个人，其实，就是我自己。现实里的我要在那里用餐，那里有安排好的我的餐位，而这里，没有我的位置呢。

我奔跑着，找到我的位置。

同室的、同学的——我们一同培训的妈妈爸爸版本的同学们，已用完餐，在慢慢下楼。

"你怎么才来，你去了哪里？"

我去了哪里？

我去了桂花飘香的校园，我去了青春盛开的地方——我的地方，他们的地方，你也有份的地方，青春永驻的地方。

爱啊，爱这清晨的校园，因了，他的，我的，我们的青春，飘香着，在这校园里。梦里梦外的校园啊……

手机里，音乐轻轻地唱，我用我的早餐，就着青春的味道，就着那歌里的似水流年——

> 谁让瞬间像永远
> 谁让未来像从前
> 视而不见别的美
> 生命的画面停在你的脸
> 不曾迷得那么醉
> 不曾寻得那么累
> 如果这爱是误会
> 今生别的事我不想再了解

年华似水匆匆一瞥

多少岁月轻描淡写

想你的心百转千回

莫忘那天你我之间

《年华似水》的歌里,谢谢青春,谢谢你——此时,我正在的河南大学,我看望我的青春啊,在你的青春里……

祝福哥哥

我是一个没有哥哥的人,但是我很感激做过我的哥哥的人和还在做我哥哥的人。

爸爸单位的学徒工,有一个做过我的哥哥,我叫他小肖哥,他为我辅导物理作业。

我小时候就是一个理科不好的人,小肖哥考了大学,读了硕士,留洋了博士,他一直坚持假期返乡的时候,为我辅导物理,因为他学的就是物理专业,直到他离开中国。我还记得,他特意到家里祝贺我考上大学,说我以后学中文了,是不是就不要他这个哥哥了。我说,不会有的事。可如今,我知道他在南京,却从不敢动念头去找他,因为羞愧,我把他当年教我的物理全丢了,并且,没有学习好我的中文专业。可是,我常常想念他,尤其是看到我的学生们捧着一本物理课本的时候。小肖哥,是亲哥哥,是那种揪着辫子教我写作业,揪着小辫子命令妹子洗碗的哥哥,祝福哥哥!

还有呢,还有呢……还有一种哥哥,就是后来我长成大姑娘,却总是把我看成小姑娘的那种哥哥了。这些哥哥都是读大学时候的同学和师兄。

有一个哥哥有特色，说我做饭烧水，只要知道说"开了，开了"，他就很满意很满意啦，因为大家都知道我不会做饭。就这样，"知道说水开了就够了"，这样的话他说了四年。虽然，说了四年他也是白说，他还是说了四年。毕业那年，他站在女生宿舍里的小课桌前，倚了冰凉的双层学生床的护栏，给我说："我家没有妹妹，以后就当有一个妹妹了。"当时窗户外面冷风吹着，这话也顺手搁在冷风里了，心里却也存了一份感动和释然，想着他以后再不瞎胡想了，他解放了，去做他的有福人，我在自己的初恋里挣扎，也不必再分神操心他。

毕业留言册上，有人说，继续上函授；有人说，矛盾论对极了，爱我的我不爱，我爱的不爱我；还有人，要打抱不平，擂响我宿舍的门，质问我为什么这样无情："知道你不愿意，但为什么连一场电影都不肯赏光？"我说了一句话，把他感动得眼睫也湿了。我说："我要给我喜欢的人留，要那样做，就不完整了。"他气咻咻的脸，寒流转暖，惋惋地说："男孩子得这一份心就足了，不知道是哪个这样有福。"

呵呵，我也落泪了，在心里。

刚才收到他的信，不十分现实了。

那是毕业的那年夏天。我的夏天，冰冰凉。我走的时候，有一个人尾随了去送我，他说："四年了，不敢说，知道说了没用，告别了，也许一生难重逢，说出来，记得吧，天底下你有一个哥哥。"

听着这话，我落泪了，却是为自己的初恋的无望，泪如小溪。难忘他，为了送我，求宿舍的大爷，破一回例提前开宿舍楼的门。那是一个倔得一点不透气的看门人啊，他那样求他求他。

还有一个哥哥，也姓肖，因为姓肖，是前面亲哥哥的肖，所以当年感觉亲切，却不想把他带入一摊泥。而其实，他的人生已正在泥潭中，他的分配被人调了包。他吞了牙齿在肚里，提了档案，摘掉帽子，自己闯天下，闯下一片地儿存身立志。他说，我和上帝战斗，祂且战且退，我且战且进。他说了，说了，好多话，很透彻。可是，我却说，没有收到他的信。他恼不恼，气不气，急了没有，我不知道，只知道，他回信说，哥哥全明白了。还说，从今以后，我就是一个不称职的哥哥，永远都是。后来，后来，他真的有了女朋友，给我详细说明，居然还让我批准。

我的初恋已走到末日。那一年，我爸爸心脏病突然去世，我的心凝固在小城，不再远行。他说，给导师说一下，你也报考他的研究生。我说，不考。就这样道别，在冰冷的电话听筒里。我居然一副云淡淡风轻轻的做派，娇娇地说："以后就把你当哥哥了。"他还一副沉重和郑重地答应："好，好！"其实，连牙齿都在默想，再不要见到他。

后来呢，有一个哥哥，和我同在一小城，先生在外地工作，在我搬家搬得六神无主时，他叫来了一辆大货车来；后来呢，有一个哥哥走在天涯过着幸福的日子，使劲在我能看到的网页上秀他娇妻美子的照片；后来呢，有一个真上函授，不是我授他，是他总用信息来授我，教育我别小心眼，要把婆婆当亲妈；还有一个哥哥，出了书就寄给我，里面什么也不写，我有困难的时候，他却知道，打了电话说，去找谁谁吧，他会帮助你，我给他说过了；也有一个哥哥，会帮我改稿子，改得我生气，就在电话里吵架，哥哥的媳妇，我贤惠的嫂子，就夺了电话劝架；也有一个哥哥，居然假装不死心，于是就当着我家先生的面给他说，别做梦了，年轻时都不给，现在更是敝帚自珍，再胡说，录下来交给嫂子法办！

我家先生就是比我先生了两年的那个人，他不做我哥哥，他说，他是和我共患难同甘苦的人，还"而已"。说这话的时候，他不笑，我嬉皮笑脸；这话说完了，他温和地笑了，我不笑了。先生不是骑着白马来的，他是骑驴来的，我喜欢不一样的东西，跃跃然地试骑一下，于是，不再下来，今生被他牵着走。

被先生牵着的日子里，偶尔会想，自己要是有个同姓的亲哥哥，就不会是像小肖哥那样不来往，也不是像这些哥哥们这个样子来往了。亲哥哥的样子，来世预约；今生志在骑驴，就只祝福这些好哥哥啦！

美丽的夏天

那是秦小若大学毕业后的第三个夏天,藕断丝连了三年的初恋终于不再连。

在家人的安排下,小若在一个蜻蜓飞满天的夏日雨后黄昏里去相亲。

美人蕉在路旁怒放,月季花的芬芳弥漫在可饮的清凉风中,小若心不在焉地邂逅了林大涵。

在家人的劝导下,小若勉强答应和大涵继续接触。可每每相见不久,小若就以这样那样的借口离开,大涵便也无奈,说:"好吧,我送你回去。"小若又总是坚决推辞。望着她逃也似的背影,大涵直摇头。

小若的父母很看好大涵,说,这孩子朴实能干有才华,女儿托付给这样的人是可以放心的。大涵呢,也比较中意小若,稳稳当当,文静清纯,是大涵理想的女孩子。只是他们都不知道小若的心里有了一个固执的主意:要结婚的人必是和初恋情人截然相反的!而大涵是和初恋男友一个行当的,这注定了家人和大涵都是在"为不可为的一件事"。

事情悄然前行,如同夏日里美丽的蜻蜓默默地飞。真的是要下雨了,蜻蜓不再飞,雨点落下来。"我要回家了,以后有时间我给你打电话吧！"大涵听明白了这句话——"请别再给我打电话了。"他的心头黯然沉了一下，忽然一阵大风旋了过来，小若一趔趄。风儿又旋回了大涵的自信，他笑笑问："一会儿下大了，你怎么办？""一直往前走啊。"大涵更笑了，"你就不会停下来避避雨，等雨停了再走？真是个傻丫头！"小若淡淡地也笑了，可她还是很快地踩着单车飞跑了。

第二天雨停了，姹紫嫣红的花们更显得欢快明艳，望着飞呀飞的红蜻蜓满天满眼，大涵把小若约到湛河边散步，用了不容拒绝的口吻。小若明显地感觉到电话那端一个男人的自尊心如风鼓荡着。她没有拂他的面子，说："好吧。"

清凉的风沿河堤畅快地吹，两个人却是有些怅然地走着。终于大涵说："坐下来歇一会儿。"小若也无声坐在一边，听大涵讲见闻。说着话风不知何时停了。"风啥时停的？你知道吗？"大涵偏着面孔问小若。"我知道。"小若轻轻地答。"看来你是真的不投入啊，傻丫头，我真的不知道。"小若有点凄然地低了一下头，她觉得这样对大涵不公平。抬起头时，她坚定地给大涵说分手。大涵问原因。"你和他是一个行业的，说不定哪一天就会坐在一起，我不能接受。反正不能接受。"大涵无力说服小若的谬论，只是说："你是不是跟我一样，对方愿意，自己就不想愿意？"

在回去的路上，大涵发现钥匙丢了。"算啦，回去把门撬了。""回去找找。""找也找不到，不找！""找。能找到。"在小若的坚持下，两人一起回去找，果然就在原地，大涵发现了自己的钥匙。

小若如释重负地离去，他们就此分手。

那年夏天美丽的风美丽的花美丽的雨都留在了记忆里。

同在小城，他们难免相遇，有时说话，有时无言。他们各自成家生子，大涵的妻子清秀温柔，小若的丈夫也果然是另一行当中人，只是跟大涵一样地宽厚朴实能干。

多年后回首，小若总记得大涵告诉她：雨大的时候，要避一避再往前走。小若对大涵心存感激，是他驮走了自己的失恋情结，让自己又能顺风顺水地走进生活。

那一年的夏天，在小若的心里有着别样的美丽。不知道大涵是否意识到？

一双纤手为你做

结婚的时候，他为我选戒指，戴无名指太松，戴中指正合适，他说："紧一下吧。"我阻止了售货员，给他说："还可以冒充未婚女青年。"把中指钻进戒指，我笑，看他"恼"。

婚后，从未做过家务的我，总是依赖他，大件他洗，饭菜他做，我看着，他做着。一次表姐看到我家这景象，禁不住提醒我："可不要让你婆婆知道哦！给你做牛做马的，人家娘知道了，不知道多心疼呢！"话传到我妈那，妈劝我劝我再劝我："你要学着烧饭给他吃，给人做媳妇要有个媳妇的样子！"

有一次他回家晚，我把冰箱里的生鸡拿来炖，等他回来惊喜得不行。细察究竟，一张笑得比哭还难看的脸对着我，赶紧关严屋门："别让邻居知道了！"原来，我炖的鸡子，两只跷在外面的"凤爪"还是生的！先生说："让人笑掉大牙！"他说，"我不在家的时候，你还是去饭店吃吧。"我于是恃宠而横，仍然不做家务。

孩子来了，婆婆八十多岁，管不了我们，妈妈身体不好，心有余力不足，好在政策好，单位照顾，先生侍候我的月子，"抽空"去处理工作。

月子满了，先生的假也到期了，他辛苦地来去，下班就往回跑，做吃做喝洗衣物，但总有他到不了岗的时候。加辅食的时候，我不能看着孩子饿得哇哇哭，我学会给孩子蒸蛋黄羹、煲汤、煮粥……渐渐地还学会炒先生爱吃的菜，做先生爱吃的面……还会理发，起初是为了保护孩子免去理发店，给孩子理光头，理"桃儿"；后来，小平头也上手理；再后来，还会给先生设计发型了。他爷俩得了洁癖似的，只在家里理发！

孩子两岁的时候，先生牛犊一样换岗实现自我，工作调动到百里之外，吃喝拉撒全依附他的我，居然担当起家里家外的一把手。从一开始的忙乱，到后来的有条不紊，先生想不到地感慨："你真是我的绩优股！"

如今的他，已重返市内工作，却一副不食烟火的样子，衣来伸手，饭来张口。早晨，他找不到孩子的换洗衣服，也找不到自己的换洗衣服；交代他买块姜，他拎一把葱……

年前是我们结婚十五周年纪念日，我把结婚衣物拿出来炫，却发现：中指怎么也钻不进戒指里，无名指戴起来都紧绷；结婚的礼服塞不进去腰身；连现在穿的鞋子都要比原来大一码……我莫名其妙地发呆，先生捧起我的手打趣："削葱指沾了阳春水，变成十根白萝卜了！"

孩子说："妈，我给你买长生肉，你吃了就永远不老。"我懊恼地说："妈妈已经老了。"孩子说："我爱你！妈，你老了我也爱你！"先生看着我笑，递上小红盒："咱买更大的戒指，戴上吧，这是老公的心！"

土豆花的爱情

一

她跟他结婚的时候,他的心上住着别人。

他对她,横挑鼻子竖挑眼:"像个土豆,只会掉渣,不会开花。"他看她,怎么都不顺眼:"不会开花的土豆,一点风情不懂。"

她怀孕的时候,反应剧烈,他不曾给她端一口水,问候一声。倒是有一天半夜,她呕得苦胆也要吐出来,他接到一个电话,便飞车而去。她睁着眼睛挨到天亮,一是她妊娠反应难受得睡不着,一是不知他去了哪里,她担心着睡不着。

天亮了,他还是没有回来,她打他的电话,关机无应答的状态。

她自己拾掇利索上班去。

打他单位的电话,同事说:"他请假了,你是谁?"她没敢说她是他老婆,挂掉了电话。

二

下班回家,她没事做,电视也看不下去,她就拎着他的衣服去洗,清理口袋的时候,她看到了什么,无所谓地放在一边。

晚上,他终于回来了,看到她晾在阳台的衣服,大怒:"谁又让你给我洗!"他的目光搜索到他的东西,方才无语。

她做了饭,都是他爱吃的。她端了上来,给他,他淡淡地说:"管好你自己就好了。"她又吐,忍不下,去卫生间。

听着她呕吐,他依然在吃她做的饭,想是饿了,他吃得还香。

收碗的时候,她抢了去洗,他就由她去洗。倒在床了,他呼呼睡了。

她没有问他去了哪里,她心上清楚得很。她的鼻子明白得很——还是一样的香水味。

三

她知道他有一个初恋女友,两人分手了。"不为什么,她说我俩不合适。"当初结婚的时候,他跟她说过,"我的心给别人了,你愿意,就结婚,不愿意,就拉倒。"

她当时就语噎了:"什么人啊,没结婚的心,你这个那个的做什么做?"她抽他的心都有。

纤瘦的手臂举起来,落在自己头上。她只恨自己一脑门糨糊。

她淡然而决绝地答:"我只知道我爱你,结婚吧。"

他说:"你不要后悔。"她说:"你放心,不会的。"

他漠然一耸嘴角，那棱角分明的口唇，曾经让她感觉是一朵花，此时，却如一把温柔的剑，刺入她的心肺，穿凿她的青春年华。

他曾经说："你的传统观念也许会害了你。"她当时不懂，此时明了。她说："我是一个传统的人，不会随便谈恋爱，谈了，就会跟定。"他嘲笑她："你真是个土豆，观念这样老朽！"她故作不在乎地笑笑，掩饰她意志上的"老化"和"腐朽"。可她就是这样的一个人，成长的环境、家庭的教育，二十多年把她铸造成这个样子，要改变，也还得这么多年吧？

婚后，她才明白，谈恋爱的时候，他为什么总是失约。这一次出门碰到一场车祸，被撞的是自己同事，帮忙把伤者送医院了，没能赴会；那一回，正出门，外地同学来了，需要接待……

直到有一天，关系要好的一位阿姨，见到过她恋爱的他，给她说："我昨天早餐的时候，看到他在女子中学门口……"

她问他："你去见她了？"他的初恋的她，在女子中学教书。他否认，否认，还是否认！以至于，她自己都以为她的这位阿姨认错了人。

结婚后，她知道了，这是真的。有一款香水叫"风"，他自语般地吐出一句："她喜欢的。"她费尽功夫淘回来，知道它的味道，就是她的味道。他每每失踪之后，回来就是这种味道。

四

她是那种倔强的女子，如同对读书的用功，她也对这一份感情用功。

可是她终于流泪了——感情和读书不是一回事，她怎么用功，还是不及格!

她用尽一辈子的意志力下决心:"我们离婚,你跟她,好吗?"她的目光如炬,把自己从一而终的观念燃烧成灰。

他一下子恼怒:"你知道,我跟她不可能,她不同意!"

她第一次伤他的自尊心:"你怎么这么贱。"她唯一一次投给他鄙夷的目光。

他涨红了脸反驳:"你不也一样吗?我不爱你,你还跟着我。"

她淡淡地笑:"可是你给我婚姻。"他语噎。

她从手包里抽出一张纸:"离婚。"

他登时愣住。

五

他对她说:"你还正怀孕呢……"

"这不要你管。"她一字一顿。

他的妈、他的爸、他的妹妹、他的姐,居然都怂恿他:"离吧,你又不爱她。"

"可是,她爱我!她给我做饭、洗衣服,还……生孩子……"他嗫嚅道。

"你不爱她,这是最关键的。"姐姐和妹妹齐声说。爸爸妈妈也说:"她不行,你跟她离了,咱再找更好的,找一个女子中学那个小嫣那样的。"

"爸、妈,你们也是糊涂了吧?小嫣那样的能要吗?她不光跟我,她还跟别人呢！"

一家人都摇头："还是要小嫣那样的，你爱她呀！人生苦短，要找个你爱的！爱你的，对你好，那有啥用？"

"谁说的？爱我当然好处多了！况且，她自己情况也不差，人不错，工作也好，跟咱家人处得也好。你们怎么都这么没良心呢，全不向着她啊？她都快生了！你们不急着抱孙子了？"他没想到家人支持的是他。

"孩子呀，胳膊肘儿哪有往外拐的？你是我们的儿子，有儿子在，还愁个儿媳妇吗？"他妈揭秘似地给他说。

他不语，低下眼睛。

她的好，一下子从地缝隙角旮旯里钻出来，那么缤纷，堵在他心头上。他此时似乎才发现："她反应那么厉害还给我洗衣服炒菜煮面蒸米饭包饺子……我出去找小嫣，她也不吱声……她每个星期都要把被褥拖去晾晒，从来没叫我帮过手；她身体都笨成那样了，前天还拖地，自己清洗抽油烟机……她离婚，你们居然让我给她离，是不是没有一点没良心……"

六

她把离婚协议书交给他签字，心头似乎有一朵花，开了。

是失望的花、伤心的花，还是落寞的花？她分不清，只感觉像是小时候在井里打水的时候，很想把桶垂到底，有一天，挨到底了，挨到底儿的感觉也没有太多不同。

她彻底放下了，她改变不了的，她不再改变，她放弃。她终算知道了，放弃，是多么无奈，却也有一种别样的轻松。

她挺着大肚子回了一趟老家,只去看望鳏居的舅舅,聋哑的舅舅一辈子一个人过,从没结过婚。

舅舅种了一大片土豆,她回去的时候,土豆花开了一地,满天的香。

她上网搜过,土豆最初就是被当作观赏植物种在花园里的。土豆花曾在欧洲风靡一时,出席宴会的人都以佩戴土豆花为荣。

可舅舅却在掐土豆花。它长花,就不长土豆了,吃什么?

土豆不长花是为了更好地长土豆,可这一点吃土豆的人明白吗?

她迷失在土豆花海里,和舅舅一起忙活。

舅舅看到她回来,高兴得手舞足蹈,像个孩子似的,围着她左看右瞧,啊啊啊地比画着,笑着跳着,带她满地走。她仿佛回到了小时候,满地油菜花,满地土豆花,满天星斗飞……

她呵呵地笑,抚着肚子。"又是一年三月三,风筝飞……"她的手机传来歌声,她接电话。

"嫂子,你听——"是小姑在叫她。

"你还知道良心,你也配说良心?"是公公的声音,"你有良心,你会这样对待你媳妇?!"

"你还不赶紧地,把那娘儿俩找回来!"是婆婆急吼吼的声儿。

"嫂子,你在哪啊?你听见了吗?我哥这个没良心的,他现在就去接你,他说他不离婚,他说他爱你。他还说,土豆还是别开花了,好好地长土豆吧。哈哈!"小姑在电话里掩饰不住她的得意,这个可爱的丫头,是她一手"算计"了她的哥哥。

她知道,婆婆一家人,尽心尽力维护着她。此时,她真是清风里的憨土豆,心上一塌糊涂地开着土豆花……

俄贤岭上的明月光

一

俄贤岭上的明月光,如水,如素练,似白湍,洁净得如他心上的好姑娘。好姑娘是山岭下小村庄里的伊娜。

他是汉族小伙子郑大壮,十八岁来俄贤岭一带做木匠,细心认真手艺好,被越来越多的村民们认可和接受。他在俄贤岭上搭了个窝棚,住下来,一住就是五年。五年来,大男孩成长成壮实的英俊青年。心灵手巧的大壮利用自己的手艺把他简陋的窝棚建造得宫殿一般,温暖漂亮。

上山打柴的伊娜被这漂亮的宫殿吸引,她和伙伴们驻足观看这跟自家那金字形茅屋不甚一样的屋子,发现,原来这就是给自己打过嫁妆的那个小木匠的家。她惊奇地瞪大了眼睛。

正值黄昏时分,收了工的小木匠招呼可爱的姑娘们:"进来喝口水吧!"

伙伴们一哄而散，伊娜落在后面，她一着急，砍下的柴也散了架。

"这不是伊娜姑娘吗？我来帮助你。"

小木匠赶快来捆绑那些柴火，伊娜静静看着，小木匠把柴摆布得结实服帖，原本枝枝杈杈的，一经他的手，被收束得紧凑整齐。小木匠帮她掂起来："伊娜姑娘砍的全是黄花梨木柴呢，耐烧，也是我们木匠喜爱的料呢。"小木匠说着，把柴放在伊娜的肩上。

此时，月亮高高地升起来，伊娜点头嗯了一声，快步背着柴去撵伙伴们。

月色下，小木匠的目光，被伊娜的柴，拉拽着，直到再也看不见——看不见了那一小摞柴，望不见了明亮皎洁的背影。远山里响彻了砍柴姑娘们叽叽喳喳如小鸟一般的笑闹声，这声音比小鸟还要美丽，她们迷了小木匠的心。澄澈的月空下，大山满满的，是小鸟的歌声，还是伊娜和伙伴们的欢声笑语？小木匠分辨了一夜……他失眠了，掌心里攥着伊娜落下的一方汗帕子，不知应该交还给她，还是……

二

也许是故意，也许是疏忽，看着月亮升在窗户口，伊娜知道，自己的帕子落在山上了。她知道，小木匠捡到了它。他会善待它吗？

伊娜想着，想着去年小木匠在家里给自己打嫁妆的一幕一幕。他的温厚善良，他的真诚缄默……

第二天，小木匠下山到村东头给乌英家打家具，却打村西头的伊娜家走过；月色里，小木匠收工回山上的家，又从伊娜家门前走过。

月亮明晃晃,伊娜明白。小木匠看见屋外寮房里闪烁的身影,他的心里,月色多美丽啊……

伊娜家屋外的寮房前,小木匠的脚踩着那条亮晶晶的月光小道。伊娜姑娘的心上,月光下的行人,越来越近。

三月三,宽阔的橡胶林里,歌舞、篝火,花伞翩跹,情歌缭绕。小伙子把耳铃挂在姑娘耳朵上,把鹿骨做的发钗插在姑娘的发髻上,姑娘把自己亲手精心编织的七彩腰带系于情郎腰间,双方信誓旦旦,相约明年三月三不见不散。

此时,俄贤岭上的汉族小伙,在月亮下听他美丽的姑娘给他讲阿贵和娥娘的故事。伊娜说,夫妻俩感恩这块土地,感恩在大水中救了他们生命的花梨树,他们在此地生生不息,绵延子孙,于是有了这感恩福地,有了这花梨之乡……

月光下,小木匠簪在伊娜发际的是汉族妈妈留下的银钗,他送给姑娘的是自己亲手雕刻的花梨木梳,幽邃深情的纹理,芬芳四溢的气味,是月亮的味道,是爱情的气息。

伊娜红红的脸庞,在溶溶月色里醉了小木匠的一颗心,他把伊娜送他的七彩腰带细心缠绕腰间,轻声问,是否可以按汉家的规矩登门求婚。

三

多年以后的二十世纪末,汉族小木匠大壮已经是南中国最富实力的红木家具大亨,他的公司出产的黄花梨木家具远销海外,他亲身经历着黄花梨木从柴火到"木中黄金"的改变,价格从一二毛一公斤到九千元一公斤，他为花梨木骄傲，也替俄贤岭人自豪。而他心上永远挥之不去的，是俄贤岭上明亮的月光，那月光如水，永远珍藏在他心上，从青年到壮年，从黑丝到白发。

他心上美丽的姑娘更比花梨木珍贵美好。俄贤岭上的明月光是他今生的最爱，举头望明月，明月清风里有他的情他的爱。一生不离开俄贤岭，一生守望花梨树园的明月光，是他不移的信念。

他心爱的黎族姑娘伊娜被父母逼迫远嫁南洋，他们宁愿把女儿打死都不许她嫁这无依无靠的小木匠，这是他心上永远的痛和无奈。

他活着一天，就在俄贤岭的明月光下，等候他的青春、他的爱情。走的时候，她说，这辈子，最放不下的，是故乡的明月光，是俄贤岭的清风里，那明晃晃的明月光。

不管她会不会回来，他只在月光下祈祷，祈祷他心爱的人，幸福美好如年年飘香岁岁枝繁叶茂的花梨木。

他在俄贤岭上遍种花梨木苗，一簇簇绿油油的树苗昂首挺胸，整整齐齐地从山坡根排到湖边，月光下，流光溢彩，香气远播。

这样的播种，这样的收藏，他保存了最多的上好花梨木材，这惊动了海外的木材商人，他们纷纷找他高价收购花梨木，想要出口海外。他不能答应。"花梨木是国宝，是东方的宝，是俄贤岭的宝，不能让它流失海外！"掷地有声的回绝让这些商贾大伤脑筋又痛恨有加。

不知是哪个"知情人"，居然找来了远在新加坡的伊娜。

四

明亮的月光下,那经了尘的银簪,那阔别已久的花梨木梳,兀自璀璨。

他在明月光下抽烟,一支接着一支。花梨木的烟斗,是当年伊娜留给他的唯一礼物,他用它抽烟,充满怀想,充满怀念,烟雾里弥漫的总是她的种种美好和美丽。她的各种好啊……如今,这烟斗,也让他为难哩……

不答应,怕心上人伤心;答应吧,那是国宝啊。

"我虽是收藏者,这些花梨木却不能完全属于我自己,我也是国家的一个公民……"

他辗转反侧。狐死尚懂首丘,一个中国人,不能守护自己国家的宝贝,还当得起一个真正的中国人吗?

他寤寐思服。乌鸦尚能反哺,自己从一个分文皆无的小木匠,成为今天这样的大亨,是海南的山山水成全了自己。俄贤岭上的花梨木养育着自己的身和心,现在,这些乡亲和国家保护的珍木,却要经自己的手被卖出吗?

他失眠了,一如当年,他的第一次失眠。

他瘦了,再次为自己的痴心付出不悔。为爱恋,爱花梨木,爱伊娜……

他拨通了伊娜的电话:"嘀——嘟——"

他的心还是提到了嗓子眼儿。

"我是伊娜……"电话里是她,是她的声音!他却没有勇气,鬼使神差,他摁断了电话。他大手一挥:"好,我同意……"一片明月光钻进了彩云。

"不,再等等。"他看着明月光,美好如伊娜的明月光钻进云彩里,那是多么好看的一朵彩云,俄贤岭的彩云,如一枚印章,盖在俄贤岭的璀璨明月光上。

"嘀——嘟——"他手上的电话响了。"我是伊娜!"她把电话打回来了。

他的心上一咯噔,伊娜呀,你还是当年明月下的伊娜吗?

"是我。"他答。

"你送我的,为什么,现在,要收回去?"伊娜艰难的声音传来。他听出,她在艰难地发问。"什么?是什么?我要收回什么?"他不懂了。

"是银簪,和花梨木梳。"伊娜的声音又苍又涩。

他似乎一下子全明白了。他说的,要伊娜发话才发售花梨木。因为,他不相信他的通情达理的伊娜会让他出卖良心。虽然他很普通,国家也许不知道还有一个对国家的宝贵木材如此感恩的他,但是,他了解的伊娜,同样有一颗美好的感恩的心,他认为她不会让他出卖国家宝贵木材的。

他向她说明了情况。果然,她的回答,湿了他的眼眶,湿了两个人的鱼尾纹。"伊娜,你还是当年的伊娜!"他放下电话,看那明月光,看那月色里银簪和花梨木梳的颜色,一如当初。

"你要是出卖了花梨木,就是出卖了我们头顶的明月光。"伊娜的话语在他耳朵边一遍一遍地响起,一如美丽的小鸟在俄贤岭上的歌唱。隔海隔天,她说她也要看到,那一片明月光,不改变,在清风里欢舞。

此时,俄贤岭的明月光啊,如水,似流银,花梨木一样美好。

他的心上,比花梨木还美好的,是照耀着俄贤岭的明月光。

看一眼桃花，美了醉了

"看一眼桃花，回家做饭！"昨日，我那曾经十指不沾阳春水的女友梅梅，情急之下冲着电话那端喊。她说如今她早已是"家务全能"，削葱细指日日在阳春水里泡，早成了十根白萝卜。

"谁呀？"抛开满眼灼灼的花，我看见她涨红的脸。桃花依旧笑春风，而我们已不再是桃花面。

"还能谁呀？他爷俩呗！等我回家做饭。"当年的小文青，如今都已是孩儿娘，有家有口有"拖斗"。谁言文青心，淹没家务里。

梅梅学着她老公的口气："你以为你会写俩字就有骄傲的资本啦？其实你那点才，对咱家一点用也没有。"每当人前有人半真半假地夸梅的老公娶了个才女之后，她老公便会在人后教妻："那对婚姻对生活没用处。"

也是，我同病相怜地叹："前一阵还有一个有名的愤青在博客里宣称，不娶女文青呢！"

"再看一眼桃花，回家做饭去！"我俩老文青双双把家还。

满眼的桃花喜洋洋地挂在眼睫，捋袖子洗米、择菜。灼灼桃花在心上，锅碗瓢盆在手上。

我家先生正摇头晃脑听着歌曲，"在那桃花盛开的地方，有位好姑娘"。是了，他已把桃花姑娘娶回家，姑娘正在厨房给他烧桃花宴。自然他会说，会下厨比会写字实在，我只好点头如捣蒜。我也认为存在决定意识，也就是承认，经济基础决定上层建筑，谁让我没老公银子赚得多呢？当然，我也有拨云见日的时候，漫漫长冬大家都无聊至极的时候，就是我贡献力量——精神食粮的时候，我就是那只在冬天给大家储藏了阳光的小松鼠。

我会背诵"冬天来了，春天还会远吗？"会吟哦"冬天是积累是蕴蓄"，也会泄天机地说"天行健，君子以自强不息"，还会说"天助自助者"……这时，我会告诉先生："知道了吧？光吃饭，是猪猪的专长，作为灵长类的我们，还要看看桃花，晒晒太阳。"

"桃花在哪里？太阳在何处？"先生四处张望。

"在你文青老婆的心上呢。"我于是不计前嫌，把养在心怀、储在书柜的精神桃花、人类太阳，悉数奉上，"这下知道了？看一眼桃花，啃一口猪手，那是真正美了，醉了！"

美了，醉了，在行云流水的心上。我和梅梅，两个老文青惬意地交流着：看一眼桃花，洗衣做饭；看一眼桃花，穿衣吃饭；看一眼桃花，衣美饭香……看一眼桃花，美了醉了春滋味；看一眼桃花，醉了美了心滋味。

春天的电话里，我和梅梅一唱一和，把桃花泡进洗衣机，煮进黑米粥。桃花开在炊烟袅袅的家，窗里的灯，粉粉的，暖融融。家，春风满堂。

戴玫瑰花的女人

小城的街头流浪着一个疯女人,她扭一圈便要回家换一身行头,头上不变地扎着一朵玫瑰花。

她不交水电费,不交煤气费,她的家是一间"三无"的小屋,可她从来都不停止买一枝花簪发间。

她在我来往上班的路上来回地走,偶尔跺跺脚,恼恨的样子、惋惜的样子,口中总是念念有词。

她和别的疯子不一样,她干净,还故作斯文,时常背起一双手,微笑,默站,有时还会拎了自己买的吃食让给过路的小孩子。

可她终究不正常。有一年开春,她总戴一顶线帽子,却不曾忘记把花在系在帽缨上。有人问她:"怎么戴帽子?"她说:"铰头发了,铰坏了,铰成阴阳头了。""谁给你铰的?""自己。"

她答着,便疯起来,摘了帽子,露出"阴阳头",开始咕咕哝哝,口唇之间"阴阳八卦"地白话起来。人们便都不再理她。

居然有一天,我搬家去做了她的同楼邻居。

楼上的嫂子是这里的老住户了,有一天给我讲她的故事。

她原本在一家面粉厂当主任。一个儿子已成家另住，接她同去，她不肯。

"她丈夫呢？"我不禁问。

这就是她得疯病的渊源了。

她当主任的时候，丈夫在一家工厂当工人，人老实也本分。那时候，粮油工作多光鲜，那男人待她好得很。随着时代的发展，粮油遍地是，她男人的工厂也倒闭了，她把所有的积蓄给那男人当本钱做生意。政策好，男人也下功夫，生意越做越发。男人变了，开始往家领女人。她好面子，忍住不说，不吵，自己走路开始咕咕哝哝的，成了半疯。

"怪不得她疯也疯得跟其他疯子不大一样，又干净又斯文的，原来是工厂干部的素质在撑着。"我恍然明白，"就这样就气得精神不正常了吗？"

"哪呀，还不光这哩。后来，那男人混的女人，又裹着男人的钱，跑到南阳。男人就撵到南阳，被那野女人使了人一顿狠打，头都打烂了，不省人事进了医院，托人打长途电话，她不计前嫌去侍候他。

"男人出院回来，俩人好好的了，一个孩子也上大学了，男人又注册了公司开始做新的生意，一边还开始给她医病。她也就是心病，男人回心了，她也好了个八九不离十。

"可是那野女人混一圈子又回来找她的男人，三哄两哄，她那男人居然又鬼勾魂似的，重去鬼混了。她那病一反复，就更显重了。成天关起门待家里，不吃不喝不睡觉，像一盏灯熬干了油，人全没精神了。这时候，那男人又死了，出车祸。她去料理的现场，当时'啊——！啊——！'两声，就飞跑起来，就这么真疯了。"

"那为什么总是头上插朵玫瑰花呢？"

"她男人回心转意那一年，大街上到处都在唱'你是我的玫瑰你是我的花'，有一天，见那男人一盆一盆往家里搬了好多盆的玫瑰花，没有人知道那男人给她说过什么。精神正常的时候，她从没好意思戴过什么花啊朵的，连穿衣都素气得很，疯了之后，天天戴花，一年四季，不差一晌。"

"也不知道那男人给她说过什么话，让她疯起来天天戴着花，水电气一分钱都不交，就知道买花戴。"楼上的嫂子纳闷不已。

看她街头走动，风中静默的样子，怎么看怎么觉得她就像一枝玫瑰花，被失了信的诺言扔进红尘的冷里。想着她，如何没有冲破心灵的茧，生成亮丽的蝶，舞动生活？

用谁的名字买房

表弟小刚打来电话："姐，给我老爹老妈说，我可以用自己的名字买房，别让他俩准备材料了。"

"哦。"

半天了才明白，原来婚姻法有改，婚前房产，归购买者个人所有——在离婚的时候。

表弟一直在京沪深漂着，三地房价堪比天价，眼看三十的人了，姨父姨妈着急起来，俩老人催促，先买房啊，有房才好娶亲哩。他们还是老观念，况且，表弟处着一个还算合得来的女孩子，对方要求房子来着。

表弟说："买房是可以买房啊，可我有俩哥们，结婚不到一年就离了，好不容易挣下的房，硬生生让人分走，有个还留房给别人了。这年头，不能不防。要不用爹妈的名字买吧。"

于是，俩老人慌的，印这印那的，正备材料去给表弟办购房手续去。

表弟正乐呵呢，他女朋友不干了，买房得用她和表弟的名字才好。

表弟和二老犯了难。不照办吧，不够诚意；照办吧，谁又能担保她的诚意？

"先讨论这个，感情是不是就生分了呢？"我和妈妈议论。

妈妈叹气："有政策就有对策。其实呢，也是哩，越计较越薄气。"

我担心表弟的婚事会黄了。表弟说："黄了就是该黄，说明她没有诚意。总不能让爹妈一世的辛苦钱打水漂吧？有诚意她跟着过到底呗，还不啥都是她的了。"

"你这话说得，要是你不满意她，要分开呢？"

表弟哑了。

"人家也得防你呀！"

表弟还是不说话。那先别买了，婚也先不结。"看这婚姻法修改的多不是时候，本来还没这么敏感呢，安排好用老爹老妈的名字买呢，这下搞得更乱了……"

真格更乱了呢。

单位的出租房里，后勤工作人员去收租金，二奶呵，还是三奶，也在那儿闹呢，要挟那租房住的男人给她买房——用她自己的名字，要么给钱。"为啥呢？"望着她哭天抹泪的，后勤工作的刘师傅问。"还问为啥？不为啥。"

街坊们议论："婚姻法真灵呀，修改稿说不给小三补偿哩，这不，小三小四们也都想辙哩。揣住现钱，攥住真货，才是实惠。"

现实的婚姻里，女人们也热腾腾地说着婚姻法的修改，说东的说西的，说吕布的说貂蝉的，说了一箩筐，到头来，一个长叹，该咋的还咋的，道高一尺，魔也升级。总体来嘛，就总体来说，难住了谁，还是谁自己个儿的感觉。

天津工作的小侄，倒是潇洒了，先买房自己舒服着再说，省得爹妈去了住宾馆。媳妇的事,他说,哪那么多计较,懒得想。

侄女最可爱:"还想用房产拴女人啊?我们又不是娜拉!娜拉出走还得回来,她没经济,难道,还想现世造几个现代版的娜拉嫂?"

老奶奶一口没有牙,却满嘴都是硬道理:"用谁的名字买房,真有那么重要吗?婚姻法再怎么变,真心还是真心!"

送你一枚圣诞果

冬日的一天，一位老友来访。说是老友，她说实是对她的"抬爱"，她本是多年前我带过的一个实习生。

那时我刚上班，与她年龄也相差不大，她叫我姐姐，不叫我老师，我也乐得宠她。

实习想是她走向社会的第一步，实习单位是她认识社会感受社会的第一个窗口，我给她信心和鼓励，也给她打拼社会的勇气。

实习成绩单上，我盛赞她"是一棵从教的好苗子"，拎如椽大笔，给她一个最高分99分。恰逢单位发苹果，装给她一袋，她乐得直叫我苹果姐姐。

一直以来，她和我联系，恋爱，结婚，生女，又婚变，我全晓得。她的喜怒哀乐、酸甜苦辣、人生感悟、社会"传奇"、生活柴米，我这里，有她的一个记忆备份。

她的故事，我只是旁听，没有参与，即便连所谓指点也是难有的——她的识见不在我之下，她的经历和果敢也是我所没有的。

我只是听，她说："姐姐，我说话，你听就好了，对我，是一种幸福。"我说:"对我,是一种丰富呢。"她笑了,笑成红苹果的脸,偎着我,姐姐姐姐,叫得我欢心,有时,也叫得我心痛,痛着她的痛,喜欢着她的欢喜。

她会常常给我发信息,发来她写的诗,是古体的形式,寓现代的意义。她会给我寄来她娟秀的小楷,书写她的感情和感悟,并且不停地索要我的回信。我只给她一桶一桶的电话,她抗议着不听,喊着:"写信写信!我爱读你的信,像阳光像雪的信!"我曾经纳闷,怎么信就像阳光像雪呢?

她的人生辗转着,她也不断地辗转来给我讲她的辗转。我听得心辗转着,找言语安慰她、开导她,她总是笑着说,我送她的红苹果,真好吃。笑着,笑着,笑出一滴泪。

冷冬时节,她来访我,带了一袋红苹果。每次来见我,其实,她也都是给我一袋红苹果、黄苹果或者青苹果的。她说,人生里,她总记得,那一袋红苹果。

她走了,我却兀自望着那一袋红苹果发呆,想那红苹果的,前尘,今世,往时,眼下。

人生,奈一袋红苹果何?红苹果,也奈得人生何?红苹果的暖,暖我,暖她。生命里的那些酸甜,有可分担,也有不可分担。

苹果的颜色,我喜欢,不只是红。我只愿,她的脚窝里,果香飘,芳菲遍天涯。

手机里她的信息传来:"姐,知道吗?红苹果是中国的圣诞果。把我的祝福留下,我已带着你的祝福在路上。"原来,她已报名支教,去西藏,那个她梦中的地方。

咬一口红苹果,滋味在心上……

她说过，前半生为家人而活，嫁了父母喜欢的人，后半生要为自己活，去嫁自己所爱的人。我知道，她的心上，有一所哨卡，那里，有一位守卫雪域的士官，曾经等她一起过圣诞。

而今，她是去过圣诞，还是去看望青春年少的梦？

我在心中，遥送她一枚圣诞果。

爱情补仓

同事小秀，一年来，天天溺在一支歌曲里——《爱情买卖》，怎么听都听不够。

听得她都憔悴了，还在听，不闲一分一秒地听，做完她的活儿，就闷头听。

听得同一个办公室的陈老太，禁不住说："秀儿，你听那弄啥哩，当吃啊，当喝？"

小秀不吱声，歪歪头，点点下巴，继续着她的"事业"。分明，那扬起的小下巴，更尖瘦一些。

"出卖我的爱，逼着我离开，最后知道真相的我眼泪掉下来。出卖我的爱，你背了良心债，就算付出再多感情也再买不回来……"伤感的旋律，无奈倒无所谓的口吻，弥漫在小秀的口中。

我看她清亮的眼神，居然有了古井的味道。终于，我知道了她的秘密：老公有外遇，却并不离婚。

就这样溺着，歌曲里的味道弥漫着。"人生没有边际。"小秀叹惋，"他不离，就是不离。"

望着小秀的眼睛，我的心雾茫茫了。

陈老太说："看来他是个明白的糊涂人。他明白，他在外面混不是长事，所以不离婚，但他还要糊涂地混。"

一向主和的我，总要劝小秀："不离就不离吧，好在他是孩子的亲爹，再换谁，孩子的感觉也不一样。你还是想法让他快些回心的好。"

小秀摇头，也点头。显然，大家的说法，她听听而已，身处其中的她，只会顺着事情拿自己的主意。她会怎样想？

知道了这首歌的名字，走在街上，发现它是流行歌曲，满大街，在唱着。在我听来，那是小秀的忧伤，满街淌。

"爱情不是你想卖，想买就能卖。当初是你要分开，分开就分开，现在又要用真爱，把我哄回来。爱情不是你想卖，想买就能卖……"这样的歌里，小秀幽幽的眼神望着我，别有意味了，她说："你看，他好吗？""谁？"我一愣。"还有谁，天天来的。"我明白了，是有一个男子近日常来的。

"你不要玩火自焚。"我担心地看她。"这叫爱情补仓。"她一笑，一缕说不出的气息让我想起莎乐美，那是一个有名的女子。

"天哪，你会中毒，还是不要这样。"

"补仓，排毒……"她还在说。

我看不真切她秀美的脸了。

我想起费玉清，那个歌星，他一人守着过；我想起金岳霖，他也没有补过仓。也许，他们的仓是满的，费玉清是守了他干净纯洁的初恋情，金岳霖的眼里始终是林徽因。他们的心上盛满爱，情满心仓。那是满满、净净的。

小秀的仓，真的空着，她的心里，爱情被老公丧心病狂地转卖了。

她说要补仓，人到中年的她，补的什么样的仓？那个来填仓的男子，以哪样的形式来填充，真情、利用还是利益？还是，也是一时的落寞受伤，同病相怜？抑或，小秀是他的初恋，他来抢救他的往日情？

　　爱情补仓，但愿补进来的是那爱情。没啥要紧要命的，还是好好待着，别把自家仓空着，却挤进别家仓里。空了要补，你挤着，早晚也是，嘣的一声，爆掉了，让你后悔莫及。补来补去，补得满心都是钉！

蚂蚁上树

初恋之后，久久不恋爱，不结婚。

我妈发愁啊，想这闺女好好的，别有啥子想不开的，不嫁人哪行啊。苦口婆心，妈妈劝我，劝我去见面，其实她已见了人家几遍了。

"你做主得了，你要找女婿！"一副跟我没关系的态度，我去见面。妈妈、介绍人阿姨，还有那小男孩——对于没看上的人，不管多大，我一律叫人家"小男孩"——他们在那儿侃，我只看窗外飘过的青春的云。

正在入迷时，那小男孩发话了："喂，哥们儿！咱俩出去看蚂蚁上树，如何？"我一愣，是叫我吗？那小男孩点头："走啊，哥们儿！带你去看最大的树、最大的蚂蚁。"

呵呵，好玩，这哥们儿还挺有戏呀！我一激灵，来了精神，给妈和阿姨说："那好，就跟这哥们儿长长见识去。"

出得门来，哥们儿带我"虾球传"，我忍不住急了："嗨，哥们儿，不是说要看大蚂蚁上大树的吗？"

哥们抿嘴一乐："急什么，今天天色已晚，明天成吗？"我一看，天是黑了："天都黑了，你怎么不告诉我？"我的意思是，我怎么跟他转悠这么久，没发现天都黑了。"噢？天黑，也得我告诉吗？哥们儿，你眼神也忒不好了吧？"我正有些气恼，那哥们儿慢条斯理地又说了，"在下知道了，下回记得履行'天黑告知'义务，这次恕在下无罪吧，哥们儿？"也只好这样了："那好吧，哥们儿要回家了，拜拜！"我已自称哥们儿。"那好，大力士哥们儿护送金枝玉叶哥们儿回府！"那哥们儿急忙应答。

就这样，我和哥们儿开始了所谓的恋爱，其实，就是天天找地方看蚂蚁上树，在公园里，在大路旁，在郊区草莓园，在山顶公园……这哥们儿还真没食言，近一年过去了，春夏秋的蚂蚁上树，都带我去看了，春花夏星秋月，也捎带着观了，赏了。时不时地，他也会不关痛痒地说："人要像蚂蚁一样，积极乐观地生活。"他还说过："蚂蚁看似不进取，其实深藏着勤奋和坚持！爱情也是……"

冬天很快来了，我发现我已能正常地欢笑，对窗外的云和青春往事，渐渐有些想不起。

冬天的第一场雪来了，哥们儿说："蚂蚁都藏地下啃骨头了，我该带你看最大的蚂蚁上最大的树了。"

我疑疑惑惑地跟了哥们儿进山，山里果然有一棵当地最大的树，最高最茂，还上过当地晚报，是当地年轮最多的芙蓉树。"大树有了，蚂蚁呢，哥们儿？"我茫然四顾。"是这样，哥们儿，大蚂蚁要现身，有个条件，你得让我亲一下。"说着，哥们儿自然地俯下身来，贴近我的脸庞。我想躲，没有躲。"知道吗，哥们儿？大蚂蚁就是我，为了攀上你这棵最大的芙蓉树，没看到我有多耐心吗？"

我的感动，潮潮的，想着，一年来，我无端冲他使性，无端恶作剧地折磨他，甚至在他的家人、我的家人面前，而他总无声，默默做好一切，所有的场都替我圆。有一次，我把当年和初恋男友拥在一起的照片拿出来找"刺激",他脸都黑了,又白了,最终,竟然若无其事的样子,说:"那算什么,我们会有一生一世的拥抱。"

这些,让我真的感到,他确实是我的哥们儿!像蚂蚁一样坚执恒毅,纵是大树,我心上也遍布他攀爬的爱和暖。

冬天过去,我会主动地抱他亲他,钩着他的脖颈叫哥们儿。有一天,他泪盈盈地说:"哥们儿,你正常了,两个月不找事了,你走出你的阴影了。以后,我们正常做哥们儿!"他的话惹出我的泪水,我以为我的伤他不懂,原来他都明白,在等着我"正常"。

他把婚戒戴到我的手上:"嫁给我吧?"我快乐无比:"好的,哥们儿,我愿意!"

如今,我嫁给我这哥们儿已经十多年,也曾风也曾雨的人生里,哥们儿始终很哥们儿,蚂蚁一般坚毅,蚂蚁一般执着,扶助我的脆弱,牵携我的笨拙,走过春秋,走过冬夏。

你是我的玫瑰花

"你是我的玫瑰,你是我的花。"情人节的玫瑰,漫天地飞;情人节的花儿,漫天地舞。

听见一遍遍浅吟,一回回清唱"你是我的玫瑰你是我的花",我的心里,不合时宜地冒出堂突的一句:情人节,玫瑰劫也。

过了这节,也就过劫,立地成佛;过不了节,就过不了劫,难免有一番波涛翻涌,于人生于生活于心情。

情人啊情人,你是我的玫瑰劫。

初相遇,我看山是山,看水是水。眼光明媚,青春流溢,热爱世界,热爱阳光下的一切。那时候啊,你二十,我十八,心上铺满豆蔻花。年华如此美好,你我携手并肩,年轻的胸腔里满的是热血热肝热肠热胆。

那时的太阳是纯情的;那时的月亮是洁白的;那时的你我,多么真多么诚多么可爱;那时的季节,多么传奇。那时的你我,是传奇的主角,那是一场无法化解的美丽重逢,你在,我也在,不早一刻,不迟一秒。那样的美,蚀骨;那样的爱,销魂;那样的时光,无处躲藏。你我的快乐,是苍天生出的妙笔。我想,我醉了,你的颤音告诉我,你也醉了。我们在彼此最好的时候，爱上。

我们一同看山，山多娇；我们一同看水，水多媚。我们彼此的视线里，你骑白马，我足上水晶闪闪。我们共赴人生的舞会，红玫瑰满地，红玫瑰满眼，红玫瑰遮盖了天地，我们的心已痴迷。梦来了，甜蜜把你我裹起。我们粘在情茧里。

梦有期，会醒；茧有限，会破。初恋甜美，情人曼妙。

黄河有九曲十八弯，长江也不是一江春水向东流。人生的浪，淘天；生活的水，四季更迭。我们站在自己的河流里，这一刻，已不再是那一刻，造化是一只魔手，自有神采。来不可挡，去如流水，不可留。

情人啊，情人，你是我的玫瑰劫。

起风的时候，风凉了；落花的时候，花谢了；雪融的时候，雪已残；月转的时候，月缺了。风花雪月，自古多变多幻多迷离。你我的离散，本就是"月本无古今"的阴晴圆缺，此事古难全。挣扎是徒劳，不挣扎却已是树欲静而风不止。

我们涅槃在同一情茧里。

此时的你我，看山不是山，看水不是水。我的眼迷离，你的心成伤。伤无可伤的时候，情人啊，生活的意志如舟，野渡无人，我的舟自横。你我开始怀疑生命的意义，活着的价值，社会的可爱和可信。心灵地震了，声音震耳欲聋，你我自顾不暇，相依偎的甜蜜，已成碎瓦，更扎心，更刺骨。我的灵魂在呼喊，你呢？我已听不到你的呻吟声，我想我们已远离。你已高飞，还是匍匐在地？我的灵魂，已成一摊泥。

所有的阳光也穿不过我的视网膜，我想我的心瞎了，还是，我的灵魂再也不想睁眼——不想看见阳光下的一切，原本的明媚成为暗夜，原本的清纯成为魑魅，原本的清澈成为一匹野狼，悍然长啸，啸问，时光的轻浅，岁月的欺骗。我想，情已走火入魔了。

情过为灰，心如古井水。

通往地狱的路是善良的心铺就。我喜欢看过顽劣大街之后依然的清纯眼眸。善良和智慧是最好的止痛药和消炎粉。这是火凤凰的涅槃，这是红玫瑰的重生。

情人啊，我们互为情人，不一定互为情劫。如果互为情劫，我好想知道，你在劫中湮灭，还是在劫后成佛。情人啊，破茧成蝶吧，愿你翩飞在幸福的新生活。"一段情一段爱，一个人，一辈子"，情已断，便要舍，只留一份青春的丰盈足矣。别想我，可以想起你的青春；不要回忆我，回忆当初的纯真。这样，我们才能与共枕的人"执子之手，与子偕老"，相安相爱走到黄河的尽头，走到长江的入海口，走过婚姻的雨天晴天。

漫漫人生，感谢你，情人，一份劫，让我更知情真，更懂情深。

情人啊情人，你是我的玫瑰劫。大爱有所忍，大美有隐疵。

走过情劫，你我心成佛祖，拈花微笑，不拈花，也微笑了。是了，此时的你我，看山还是山，看水还是水，眸更清澈，神更纯净。心上的风，和和；魂上的花，灿灿；骨里的雪，皑皑；胸间的月，皎皎。我已更爱阳光下的一切，包括不能承受的那一份空和轻。此时，心上的爱更纯粹了。

"你见，或者不见我，我就在那里，不悲不喜。你念，或者不念我，情就在那里，不来不去。"劫也生花，劫也成佛，生花成佛都是一朵玫瑰花，生在红尘，默默无语。

美艳娇柔玫瑰花，有花有香也有刺，芬芳迷人，有纤刺，有微忍，是爱，是情，是相爱的人。

情人节啊，玫瑰劫。大爱，大美，如一枚舍利子，愿你福泽天下所有的情人，所有的相遇。

指尖上的芭蕾

一

她认识他,是偶然,也是必然。

她去做头发,他在她的大学附近开发屋当发型师。

出门左拐,有棵桂花树,还有一棵枇杷树。她喜欢秋日的芬芳、春天的黄果。对面就是那家"指尖芭蕾"的理发店。

他的手飞上飞下,像在云端,像在花丛,如蝶,如风,那么灵巧,那么轻柔。她让他做了一次发型,就喜欢上了人称"指尖芭蕾"的他的手艺、他的技法,于是,往后的日子里,她来,总点"指尖芭蕾"。

他若忙着,她便等待,看着他,看着对面的街树,她的鼻翼和眼眸里,一阵芬芳,一片金灿灿。

他偶一抬头,四目相对,她总转了脸看对面的树,或两眼苍碧,或双眸含香。他接着忙他的,直到,他说:"好了,您这边请。"

坐上他的发椅，她弯弯的眼眉轻轻微笑，心上同时飞舞他的指尖芭蕾。

一回，一回，一季，一季，寝室里的同学说，你得"理发控"了，才几天哪，就又去理？

她一愣怔，是这样吗？

有一天，连他都说了，还好呢，又打理？

她点头，使劲嘟嘟嘴巴抿起了嘴唇。

二

一连半学期，她居然再没出现过。这期间指尖芭蕾的他，居然有两次让回头客"求疵"——不是"吹毛"，是真的失误了，一恍惚，把人家的发舞蹈得塌下去一块，一不当心，又一块……他心里明白的，直直对人道歉。

见到校园里的女生，他终于绷不住，问："那个眼眉弯弯的女生怎么不来了呢？"他只管问，终于有一个人知道他所说的那"眼眉弯弯"是哪个："哦，她最近是不常理发呢，我们寝室还一起表扬她的理发控痊愈了。"

这同寝室的女生回去就叨叨："嗨，你的理发控痊愈了，那理发的小老板还失落呢，赚钱少了，很没魂的样子，呵呵！哈哈！"

室友笑，她却心痛一下，痛一下，若有若无；弯弯的眼眉，耸一下，耸一下，轻又轻。

三

枇杷果熟的时候,她要放暑假了。考试结束,她终于忍不下,要去看那棵枇杷树结了几只果子。她仰起脸,数啊数,怎么也数不过来,心里有一双眼睛早从绿绿的树叶间腾云驾雾地挪开去。对面的理发店里居然跑出来"指尖芭蕾":"理发来了?快请进来!"他真个是手足无措的样子,两手不安地搓着,全没有发梢上舞芭蕾的潇洒飞逸,终于,他几乎是拉了她的手臂,过了马路。

她坐在座椅上,他竟然忘记他手上还有客人。她脸红了:"我不急,先给人家打理啊。"

他冲人解释:"老客户,好久不来了……所以……请您原谅……"他颠三倒四的话,让一发屋的人都笑起来。

有人打诨:"敢情是位美女呢,咱们'指尖芭蕾'是个重色的呢。"大家笑,他也笑。

她没有笑。她已明白了什么。

他仔细地给她理发,一根一根头发地修,好久,好久,他还没修好她的发。其他理发师都去吃午饭。

碎碎的发,黑压压满地,他说:"对不起。"

她没说话,她的泪,簌簌地,落下来。

四

他给她讲自己的故事。

他本是她的校友，读大二的时候，父亲病逝，妹妹了考上大学，无奈，他办理休学，担当起家庭重担。"那你什么时候再回学校呢？"她很期待地问他，心上却想，怪不得他与其他的理发师有点不一样，怪不得有那么一些校园里的同学跟他那么熟稔。"师兄弟们也都在照顾我的收入，点我，点得多了，把我点成了这里的领班。"

"再做一年，就回去读书，妹妹的学费赚够了，妹妹自己也找到家教在挣自己的生活费。"他说，"马上我会回校园去了。"

这样的故事打动了她："你下学期就回学校吧，我的生活费给你一半。"她急切的样子同样感动他："傻丫头，我怎么能让小姑娘供养我？这么大个老爷们儿！"他刮一下她翘翘的小鼻头，温和地笑，"不用担心，我会担起所有的心——爱我的心、我爱的心。"

"那我毕业先不出国读书，留下来陪着你。"她坚决地说，"我要坐在你的自行车后座上等着你毕业，给我买宝马。"

他认真地："你会吗？""当然会。"她坚定不移，"只有你给我盘发，我才出嫁。你要亲自为我盘起长发！"他点头又点头，指尖、心尖，他的芭蕾，悄悄凝眸，对着她弯弯的眼眉。

五

"眼眉弯弯"和"指尖芭蕾"恋爱的消息，被寝室的同学知道了，传播出去。

一个追求她的同乡把信儿捎给家乡的父母，母亲和父亲居然千里迢迢地赶过来，不允许她跟一个"剃头的"相好，不允许她暑假继续留在这个城市"做社会实践"。

她被爹妈押解回乡。面对多病的母亲，含辛茹苦的父亲，她答应出国留学——姑姑已经为她办好留学手续。

她终于还是有机会把信息发给他："等我回来。"

她去了英国，那个格子裙和帽子的故乡。一年四季的各式各样的帽子，遮挡了她的发。她知道她的每根头发都需要护理。可是，她发给他的信息再也不能"发送成功"，所有的电话全是停机，所有同学校友也打听不到他的消息，学生管理处的记录，他的休学期限已过，他已没有资格再回校园。

唯一的方法，就是集中精力结束课程，赶紧毕业，毕业才能回去。她渴盼着，格外用心地学习，她的发一分一秒地委屈着，期待那"指尖芭蕾"的盛宴。

她的眼眉弯弯，弯向故园，弯向家乡的他——他指尖的芭蕾，风的感觉，火的模样。

六

她回来了，联系了单位，安排了工作。

她来到桂花树旁，她站在枇杷果下。

"指尖芭蕾"成了一间水果铺子。她紧张到结巴，到失语，却再探问不到她的"指尖芭蕾"。头重脚轻的她大病一场，妈妈细心地服侍她，爸爸端汤又送药。

她好了，妈妈说："别那么幼稚，这世道男子不能轻易相信，况且你们什么盟约也没有。"爸爸很理性:"不要再想了,没可能了。"

生活是现实的,理想也要面对现实,她前思后想——自己和他,难道不是爱情,难道承诺了无痕?那什么样的感情才会是真的呢?

她把爱情揣进衣兜,埋头工作。像是一节肠子断掉了,像是一块脑细胞切割下,她感觉自己哪里不太对,不像以前一样。成了"优质剩女"的她,自己嘲弄自己,就这样被爱情伤得七零八落了?弯弯的眉眼里染了淡淡忧伤。

七

在母亲父亲纷繁相亲大战的轰炸下,她把自己交给父母做主的一桩婚姻。他们领了证,典礼的时候,先生重金请了当地最好的婚庆服务公司。抬起菱花镜里的双眸,她呆了又呆——她的发型师,"指尖芭蕾"。她失声唤他,他只是摇头。

世上有这么相像的人吗?他摇头,还是摇头,说:"新娘子认错人了。"

他的理发包上有米黄色的小花,有金灿灿的圆果。"又香又甜。"她很想说,没有说。心上的死结,又冷又硬。

新婚之夜,桂花飞,枇杷落,发型师入梦。"我是你的指尖芭蕾,你走之后,你父母跪地求我,放过你,他们要给我钱——换新的电话号码,换新的地盘……"

醒来天已大亮,先生放在客厅的音响里飘出一首歌:"风吹过一抹芬芳染上你弯弯眼眉,这指尖芭蕾,是情人无悔,不管是非也不问命运错对，这指尖芭蕾是情人的美，我旋舞在你心扉……"

八

楼下有人按门铃，是婚庆公司的服务生："我们总公司董事长特送的花篮。"先生开了门，看花笺，她瞄一眼，熟悉的笔迹晕厥了新房里晨光。

从来没有离开，他在原地读书毕业开发馆注册婚庆公司，连锁经营，分部特意开到她的家乡，只为等到她。等到她，是在她为人妇的时候……他能做的似乎只能是——为她把长发盘起。

原来他只是遵照她父母的意愿更改了发馆名字，她托人查的学生处记录，是她父母做的伪据。

"你要亲自为我盘起长发。"花笺上印着这样一句话，这是当年她要的承诺；花笺上还印着另一句话："我要亲自为你盘起长发。"这是当年他的承诺。今生，他这样兑现诺言。

他的签名笔迹那么熟悉，一如那青春的指尖旋舞过的芭蕾，她看着，似烟花，烫了眼神。

瞬时，她明了，为她服务的婚庆公司就叫"眼眉弯弯"，他当年叫她——"眼眉弯弯的女孩"。

他的心上，最美丽的芭蕾，是她眼眉一笑。

洗着豆，我想起童话书里，那位在灰堆里挑拣着各样豆的灰姑娘，想起她的水晶鞋、她的舞会、她的王子……我突然莫名感动，感动于自己的生活，没有水晶鞋，没有舞会，没有王子，只有灰姑娘——炊烟缭绕的灰——和我的厨房，却是我想要的。

青春时候的婚姻和恋情，总是小船一般打转转，打转转的心，越来越安静在这岁月的尘埃里，尘埃里开出朵朵花，花满天。千花一瓣，是每一个灰姑娘的厨房。

岁月里，把爱当图腾，爱是岁月的图腾。

第五辑

初恋是青春的图腾

一

雪花飞舞。

初相识,他把字写错了一个,害得她跑上讲台去纠正。他改过来,随后请她吃饭,说感谢,说要不就丢丑了。她不去,他又买了糖送到她寝室里,大家都吃了他的糖。含着糖果,她冲他说:"拜拜!"他硬是不走,硬是不走,一向沉稳干练的小伙子,眼神有些慌张,佯装镇静,他微笑地望住她宿舍的寝室长,最年长的一位南阳姐姐。

"见多识广"的寝室长立即会意:"姐妹们谁陪我去四毛书店走一趟?"室长一眨眼,小姐妹们鱼贯而出。她要跟出去,被室长轻轻一挡,带上了门,门口落地一句话,冲他喊的:"把我们的小八妹交给你照顾啦!"

她无措地涨红了脸庞,他快乐得像漫天雪花朵朵开。

二

不知道哪一刻起，她也开始喜欢他，接受他的喜欢。想是好听的男中音；想是不张扬的个性；想是他总是走在她的左边；想是他会削好苹果放在她的书包里；想是在她犹豫不能决的时候，他聪明而识趣，比如，追她遇到红灯，他只停车不熄火，耐心地观望着她。

在纠结中，她无奈地发现，自己接受了他——在他大四实习的那两个月里，她见不到他，每到周末，她发现，没有他来敲门，她心里无端地失落。

很奇怪的是，居然没有他的信——那是一个还没有电话的时代。她开始胡思乱想，想他出了什么状况，想他忙碌得顾不上写信来……终于，她开始往坏处想，想他是一个虚伪的人，只是跟她逗着玩罢了。

没有等来他的信，见不到他的影子，她在下晚自习的时候，会在没有路灯的暗影里流出泪水……睡在下铺的静，她的男友也是去实习的大四生，一周两封信是他们交流的节奏；丽的男友去实习，还会从迢迢千里外请假来看她。可是……

无意中，室长流露出，她的老乡跟他在一处实习，他们一起办了一个刊物，叫什么报——是她的老乡写信来说的。天，连老乡都会给已经名花有主的室长写信，而他……

她温柔的猫咪一般的性情终于萌生一丝"恨"意——对他的恨，为什么，你……

她甚至冲动地想向室长要来地址——其实，室长已经无意中说出他们是在明港某地实习，而明港离这里如此之近。

无奈的她,终于明白,无意中他已嵌入她的心里,而他,却放弃了,不再搭理她。

三

她想主动联系他,却放不下自尊。忍耐着,在一个大雪纷飞的周日黄昏,她独自走遍校园,走遍有过他的地方。落寞地转身从四毛书店出来的时候,她呆住了——

他站在雪里,望着她,专注而长久,浓荫一般的眼神裹住她,望住她,一瞬不瞬。"傻丫头。"他一字一顿,温暖的嗓音,缓缓地温柔地呼唤她。

看见他出现在眼前,她心上的各样揣测与怨怒一扫而光。

眼泪禁不住,落下来,落下来,她哭着,原地站在那里,再不往前迈出一步。站在雪里哭,雪花漫天飞。

他快步地迎过来,拥住她:"傻丫头。"

她的泪眼婆娑如雪:"你为什么不给我写信?""我要是写信,你还是不知道我的心,你也还是不知道——我在你心里。"

四

他先她毕业,去了京城读研,她在他的母校继续读书,隔着千山万水。

多少的恩爱情侣在各奔东西的就业大潮中,相互不能再问所在,索性也就东西南北不分方向地分散了。

　　她的爸爸提醒她："傻丫头，你俩这个事，你不要太实诚了，这个世界很现实。"

　　爸爸的话她似懂非懂，但却忍不住多了一份纠结。那时候，她的宿舍楼里已经可以接听长途电话，她下了晚自习，接到他的电话，两个人聊了一会儿，往回他问她吃了什么饭，读了什么书，有什么快乐和不快乐的事，她絮絮叨叨，那天很奇怪地居然烦躁起来，给他说："哪有那么多这个那个，你烦不烦？天天这么远的长途打着，也不嫌费事！我看咱们还是分开省事！"然后，还没等到他反应过来，她说，"我累了，要睡觉了，挂了吧。"她挂了电话，跑回宿舍，边洗脚边发呆，望着脚盆里的水，懊悔得不行。妈妈说过："他也还是一个大孩子，一个人在外边读书，也不容易，你不要总是使性怄人家！"想想也是，还能让他怎么做呢？她懊悔地洗着脚，水凉了，也想不起来加热水。一旁又在温习情书的寝室长，看她不对劲，问："你怎么了，泡脚的水凉了吧？"

　　正在这时，宿舍楼的值班阿姨又在叫："小眉毛——！长途电话——！"她闻声，拔出脚，带了两脚的水往外跑，果然是他。"喂，喂——"他在那边又轻又柔地唤她，声音里满是呵护与爱恋。她说："是我。"却又骄傲地不肯让步，"又打电话干什么？"

　　那边嗫嚅地："哎，你看看你，又耍脾气不是？——我想了，刚才你说的话……"她不作声，开始心疼他这么晚还在冰天雪地的电话厅里继续给她打电话。他继续说："你说的散伙的话可不对呀！"她还是不作声。他说："要相信——"他顿了口气，饱满着声音道，"要相信，没有谁能够把两个人分开，除非这两个人自己愿意分开！"

他又:"喂!你听见了吗?""听见了。""那好,以后不许说散伙的话了。""好。""好,那去睡吧,不然我还真睡不着了。"

她又想笑,又辛酸地跑回寝室,去把洗脚水倒掉,脚盆里的水那么凉,她的心上暖暖的。

就这样坚持着,两年,一会儿快一会儿慢地过着。

五

电话线里爱情继续着,过了两个漫天飞舞的雪天,他们终于相聚在京城。从相思比海深,到相爱容易相处难,两个人总要有这样那样的小摩擦,于情感,是润滑,也是成长的过程。她的温柔外表下,有一种让他难以招架的倔强,于是有一天,他开玩笑地给她说:"早知道你是这么倔的一个丫头,当初就不该把那个字写错。"

她一下子惊呆:"你蓄谋的,你有意的?!"

望着她备受打击的怪模样,他居然笑了:"你以为呢,本大才子那么简单的字都写不对吗?"

"那我要是没看见呢,要是别人上去给你说呢?"她追问。

他更乐:"还不简单吗?我继续错啊,直到你这个傻子去告诉我啊。别人告诉了,我不给她买糖吃,不就得啦!"

"天啊,我生活在你的手段里。"她有点怒呼呼的了,"不写信,也是的,还有还有——所有的,都是你设计的、算计的?你根本不是爱!"

"不要污蔑,好不好?!"他说,"明明白白,我的心、我的'错误',全是我的爱啊!——你以为,不写信,我好过啊?我比你还要受折磨，想着你不快乐我更是心痛，可是，我不那样，你会哭吗？你会承认对我有感情吗？傻丫头！"

初恋似雪，他是她的初恋，她相信纯粹的爱情，可是当他给她揭谜底的时候，她为他的心思与智慧迷失，却又似乎有着别样的收获。"难道你不是真爱吗？"她疑惑地问他。他一把拉了她，数着他给她写的一沓一沓的信，拈起一张张他给她打电话的电话卡，他说："你这个傻丫头，让我花了这么多电话费，用了这么多信笺，还说我根本不爱你，那这世界上哪还有爱你的人呢！"

雪花飘飘，她做着鬼脸对他吼："不是爱，就是不是爱！"他扑过来，捏了她细腻的小鼻子："不是爱，是什么？"她被捏疼了，于是答："疼——是疼！"

"到底是疼还是爱？""疼爱！""到底是疼还是爱？""疼爱！"

六

多少年之后，他成了孩子的爸，她成了孩子的妈，他还是叫她"傻丫头"，她还是说他"不是爱，是疼"——他疼她，她也疼他，他们一起相互疼着，在京城的雪里。

有人说，世界如群山，谁也听不见谁的呼唤。但是，她说，多高多高的山巅，多厚多厚的积雪，她也听得到、看得见他疼她，疼孩子，疼他们一个年轮一个年轮慢慢生长着的这个家。

雪无痕。爱如巢，筑在心上了；如雪入大地，起不出来了。爱生长着，成为生命过程里的疼——爱到疼，是爱情的真谛。

爱你如雪，我执着地扑向大地，大地是你的怀抱。你的爱如雪，那么美丽，却也不能揣在我的怀里，但是能长进生命的庄园。你的疼我的爱，疼爱，疼在爱里，爱是疼。

外面又是白茫茫的一片，真干净，唯有爱，爱到疼。什么都随了雪花去的时候，还有爱，还有疼，还有你和我。

初恋是青春的图腾，疼你爱你疼爱你，一生一世。

千花一瓣是灰姑娘的厨房

因为偶尔写几个字吧，做饭总是把锅煮煳了。

一而再，再而三，连我自己也厌烦了。怎么这样的记性呢，怎么就是不长心呢？家人学着小品里的语气用着小品里的台词教训我："海燕哪，走点心吧！"

可就是不能长心眼，连孩子在作文中写妈妈的时候，都会写我："写得一手好字，烧得一锅煳焦饭。"这样的妈妈在老师念作文的时候被念成人物经典。

我想着改呀改呀，再也不能把饭烧煳了。

可是更大的乱子出现了。

那天下午我去郊区牛奶场打了鲜奶。春天是孩子身体拔高的一个最佳期，都说喝酸奶助消化吸收，我决定把酸奶机找出来，自己做酸奶，不加增稠剂，孩子喝起来才安心。

晚饭后，顺手把两斤鲜奶放奶锅里温着，就忙忙碌碌离开了厨房。

春天的夜晚，温暖清新，早早完成作业的孩子和先生一起喊着一同去散步，我一直记得要去购买一袋酸奶当制作酸奶的引子，但是却忘记灶上有微火炖着的奶。

楼下超市里购买了酸奶，陪孩子和先生在小区里略走一走，先生催回去吧，孩子说还有一段课文要背诵。我还说，让孩子歇歇眼，不用太急着上楼去，说着说着还是往回走。

俩男人走路总是麻溜溜地，我走路总是慢条斯理。孩子和爸爸的身影进了楼道看不见了，我还在琢磨，谁家的什么饭烧煳了，一种烤馍的焦香味道。

就这样上了楼。家在二楼，先生和孩子先已进了门，听到孩子喊一声什么，我还以为孩子绊到什么东西了，声音听来匆忙。

这时已到了家门口，但见房顶似乎有烟。"妈，你煮的什么？"我一愣，旋即快步跨屋里。

哇，天，那个黄腾腾的火，一堆火，燃在灶台上！我一步上前，要从水龙头接水，又想起来平时为防停水而存有一壶水，遂要拎起来灭火。

先生拦住我，问："你要干什么？""快点浇灭呀！"我急了。

"不能这样。"先生说。"妈，你有没有常识？油上的火、电上的火、灶上的火，都不能用水浇！你不懂吗？妈，你怎么什么知识都没有！"

要先切断电源，关上灶具开关。我这才想起来。察看的时候，发现灶上开关统统已安静地关住了，先生早就关闭了它们。

"那怎么办？只能看着它燃烧吗？"我不知道怎么办地看着先生。"已经要熄灭了。"先生说。

看着它燃，又燃一会儿，火熄灭了。

不知何时，先生已经早又把所有的窗户都打开，通风跑烟。我这才发现厨房与客厅顶层满是烟雾，弥漫着，这时感觉到呛得很。

这时婆婆打电话说，头痛得厉害，先生要赶紧去看她，嘱咐我："这空气有毒，你俩通着风，一会儿早些睡吧，孩子明天还要早起上学。"

先生带婆婆去医院挂急诊打点滴，他打电话过来："妈这边没什么大碍，感冒严重了，正在打针，我就住这边了，明天一早回去接孩子上学。"他还在问，"烟散净了没有？你和孩子不要总待屋里，那样的空气有毒，烟散净了再回去。"

孩子一直低着腰，这时匍匐在地板上看故事书，我才又想起来，安全知识读物上说的这个那个防护条条。

春夜越来越静谧，烟雾散净了，我和孩子回家里睡觉，还是开着窗户。

后来，一连好多天，从外面进家门的时候都还闻得到酸涩的味道，是那晚我煮奶煮出的煳焦味。

回忆起来，自始至终，先生不曾埋怨我一句，也没有一丝言语神情的责怪。

我的反思和内疚深深的。好恐怖，好后怕。以后再做饭的时候，我干脆抱着我的书，端一张小椅子，坐在厨房里，坐着守着，煮饭。

水开了，汤沸了，吱一声，我就麻利立起来，掀开盖子，调转小火，再继续坐下，慢慢看书，慢慢煮饭。

坐在厨房里的感觉，很快乐；坐在厨房里的时光，很美好。平时总是站在厨房里，洗呀切，煮呀炖，这时高度降下来，低低地坐下去，想起来张爱玲说的，为你，低到尘埃里。却是美好的，心上像是开了一座花园一样芬芳。

洗着豆，我想起童话书里，那位在灰堆里挑拣着各样豆的灰姑娘，想起她的水晶鞋、她的舞会、她的王子……我突然莫名感动，感动于自己的生活，没有水晶鞋，没有舞会，没有王子，只有灰姑娘——炊烟缭绕的灰——和我的厨房，却是我想要的。

青春时候的婚姻和恋情，总是小船一般打转转，打转转的心，越来越安静在这岁月的尘埃里，尘埃里开出朵朵花，花满天。千花一瓣，是每一个灰姑娘的厨房。

桃子甜，云朵白

"桃子那么甜，我想亲手去摘一个尝。"

看到QQ群里小敏妹妹晒出的蟠桃图，毛毛姐忍不住附和。

"此话当真？"

敏给毛毛发来小窗私密交谈。毛毛一愣，旋即回复："当真。"

"当真？"

"当真！"

"好，你等着，二十分钟之后来接你上山摘桃子去。"

二十分钟的时候，毛毛的电话响起："到大门口来，我们到了。"

车窗浅浅摇下，先露出一张脸，是凯姐姐："上车，然后去接平。"姐姐妹妹一起说。

四个女人驾了车，一路东去，北转，沿着山路，走向名石山，遥遥地果然就看到山巅那块印章一般的石头杵在山顶云彩里。

敏是当地村落里长大的，她说，名石山就是因了这块石头很有名。姐妹们有点不以为然。她讲述渊源，现在高楼林立了，会遮挡视线，以前她父亲和叔叔们去南阳做生意，所有这里的出远门的人，走至旧县，就能看到山顶这块石头，一看到石头就如同看到家，脚步更有力量，心里就踏实！远看它没多大似的，其实，真到跟前，石头上可上站十来个人哩！

这里的山顶是平的，石头的顶也是平的，姐妹们感叹这块石头给往来的游子带来的慰藉与温暖，种种关于石头的故事与传说，如彩云缭绕在后人的讲述与生活里。在这村落里，哪一家的祖爷爷、爷爷、爸爸，没有关于这块石头的记忆与欣喜呢？

车戛然停下，抬眼，名石似乎就在眼前，清晰而温暖。阳光下，它沾住过多少美好的目光与甜蜜的向往呢？关于家，关于梦想。它在云彩里连接着外面世界的精彩与家人的期盼，也连接着精彩世界里的无奈与亲人暖如春光的爱……毛毛姐自顾自想时，石头下的桃林，它的芬芳、它的甜蜜，扑面而来，那红的艳的桃子，闪烁在青枝绿叶之间，诱人的甜与清香，招惹着她们下车，前行，穿梭在桃林深处，在云彩里伸手采摘。一朵云一样的红桃，一只桃一般的云朵，只管放在嘴巴里，咬一下，云的梦幻，风的畅想，大石头的传说，山村故事的多姿多彩，都在口里了，口里嚼着的还有四个女人风一般说来就来的欢喜与笑……

"就这样，把梦追上，如同当年赚了银两，急匆匆往家赶的游子。"爱拽文的毛毛发布宣言，"我也把梦实现：手可摘星辰一样地站在云里摘桃子，站在风里吃桃子，流着哈喇子想童年。女人青春短，女人梦也浅，这是我的伟大梦想，感谢你们帮我把它实现。"

听得此致言，姐姐妹妹笑哈哈。毛毛姐吃到一只更甜的桃，咬一口，甜！"我吃这边，你吃这边。"于是，她跟平一人吃一半，你一口，我一口。风吹着，云飘着，小鸟唱歌，山顶的那块名石在张望。最甜的桃，就是这只桃了！"想想，人生中能这么与你一起吃桃的人，有而且在你身旁，心比桃都甜！"谁对着桃林这样讲。

四个穿裙子的人钻山入林，你拉我，我携你，拎着包，举花伞。摘桃拿着塑料袋，还穿着高跟鞋、金丝袜，那个精彩有看点。东扭的西歪的，差点儿滑倒打趔趄。这边呀一声，枝条挠了手臂；那边哟一声，小草抚摸到丝袜；正走的走不动了，原来又是树叶拉住裙角流苏的小手在亲热……

桃子吃得甜，吃得香，"干脆别采了，"大姐凯已经收起她的口袋，"一人站树下吃两个就行！"桃林的主人，敏的哥哥，早已掂着袋子深入桃林，就在大家嗨嗨地吃得哈喇子顺风飞的时候，他已经采了一袋又一袋，满满的，放在太阳里。红的毛桃、紫的油桃，流光溢彩，淌着香放着光芒，一袋袋，一只只，笑嘻嘻地看着云彩一样。裙裾飘，腿脚也飘的女人们下山坡，你拉我牵，勾肩搭背，没有跟头，宛若流水一般，出了桃林……

驶离名石山与林，回望那山、那石、那林、那山庄——远远，流淌过那块石头的目光，裹着世味万千；遥遥，粘着那块石头的视线，挟着红尘艳彩，如潮水，如桃林。甜蜜、亲切、温暖、鲜活——袭来，心头，一片桃红，叶绿，果香。

忍耐是一朵依米花

一

她接了省级部门一项属于交叉管理的工作任务——写一部书稿。因为喜欢,因为爱好,因为她"特长"被珍视,她心甘情愿地接受了。

上级部门很尽心地落实到人,协调到位。她开始认真地写啊写。

总是有人惦记,让她归队,让她做这个那个活计,好像她工资关系所在的这个小单位离了她就转不动,就会散架似的。她无奈,单位主管也无奈——"上级安排的。"他们这样对惦记她的人解释,一而再,他们也懒得再重复解释,给她说:"要不你回来写吧,让大家看着干活。"

上级部门在检验她的阶段性任务完成情况的时候,较为满意,顺口问,有什么困难吗?她的话在肚子里转了一圈,没有吐出来。

她回原单位干单位的活,也担当上级部门的任务。单位领导按章办事,依上级下发的文件分派工作,"仁慈"地没有把她的时间全占了,留下半天写上面的布置的书稿。

却有她的业务主管，有事没事叫她，做这个做那个。她含蓄地跟主管领导说一回，主管领导挡一句："单位办公室和上级的书稿够她忙了。"罢了。再一次，再一次，她不再跟任何人提起了，默默忍耐。有位明眼的同事发现她的坚忍："你去给他表示一下吧，不然他总是这么难为你，何苦呢？"她低下头，去"表示"。好了半月，随后依然如是，让她接这活儿，让她干那工作。

有一天，她郁闷地想：多亏门卫组长没有惦记我，不然，张师傅儿媳生孩子，李师傅老伴生病住院，我岂不也得去顶班看大门？

说给一位其他单位当领导的姐姐听，姐姐说，就是有这样的人，越"表示"越惦记你！她正要为自己的"表示"自责后悔，姐姐又接一句："不表示是更惦记你！哈哈，"姐姐笑了，"得看是哪种人了，是那种人，反正要惦记，不是那种人，怎么也不会惦记你。""那种人是哪种人啊？"她也笑。

姐姐又说了，关键你单位领导没有大局意识，不认为你干活是"为党为人民"；姐姐还说了，不干这个活，你不更舒服吗？

"是啊，可是，我喜欢啊。"她答。"那你就受着吧。"姐姐斜她一眼，"谁让你喜欢来着。又有人'惦记'你，你只好忍耐。等忍耐成了，就好了。"

可是，要是我造化不够，不能成呢？她疑惑地看窗外。

窗外一只小麻雀，立在窗台上，静谧地看着春风。春风里，多少的飞翔，都只是小麻雀的飞翔，不会成为鹰。

她的心是棵开花的小草，根本没有想成为鹰。她只是在地上行走。大地这么大，所有的行走也便都有小忍，有忍耐才有自由。花朵，她忍耐了一冬；大树，他年年等待春风；小麻雀，她也耐心地看着风雨停了，才开始飞翔；苍鹰呢，他们的等待与忍耐更多疼痛，为了飞向高处，他们要生生把翅膀折断，迎接新生，挑战自我的痛，这是涅槃。

二

朋友安，也在忍耐中。梦想是一种煎熬。他说。

曾经，他把自己从"小文青"忍耐成专业机构的创作者。当年的他，从乡村来到城市，与人合租一间房子，冬冷夏热。冷的时候写作，写得手脚生疮；热的时候写作，蚊叮虫咬，汗流浃背。他直写得文字遍地开花。一把挂面吃三天，一个大男人，天天喝稀饭的钱都没有了，他无奈地给市长写信："我会为××市增光，我会做一个有良知的作家，请给我一碗饭吃……"市长在"一碗饭"上圈一个圈，交给有关部门，有关部门拖呀拖，终于，在当地文联给他一个碗。有了饭吃，他写得更好更努力。忍住了稀饭的稀，终有了一碗米吃。

生活总有忍耐，他还在经历"煎熬"，他要写到大刊上去，他要有更高的突破和上升——走到一定时候，再往上挪一丝都是巨大的难。他在努力中，也在煎熬中，为了更高地实现他的理想，为了更高地兑现他给市长的诺言。"其实，哪只是为一己和一市长？是为了乡下的土地，也为了城里的蓝天，为了这个世界这么大，我也在这世上有碗饭吃着……"他这么说着，在忍耐中独行，攀登他文字的喜马拉雅山。

生有小忍，要忍，忍过去，前面是个天，不管精神的物质的，不论肉体的灵魂的。这世界这么大，白天黑夜还要轮番来，忍耐的滋味，星星月亮太阳都有体味，况乎高山大树，况乎黑眼睛、白皮肤？

梦想是一种诅咒，追求是一种煎熬，但这都是有价值的。生，因了死而有意义；活，因了忍彰显价值。而忍耐是痛苦的无奈的压抑人性的，咬牙挺过去，才有鸟语花香艳阳天。

安的忍耐，让他收获，他把日子种成饱满的豆，粒粒真诚，颗颗快乐。他的豆是他的作品，饱满是他为人为文的良知，这样的豆，撒在他行走的作家道路上，金灿灿地，满地流。

三

他是一位采煤工，他是一位研究生。研究生挖煤，任谁也难以想象，他却处之泰然，跟着老工人，一锹一锹认真攉每一铲子煤。

农村孩子，上学出身，三十岁了才毕业。不说报效祖国，首先对得起父母的养育恩，有一份工作好好干，挣到工资养家糊口孝敬父母是做儿子的本分。"我不挑剔工作，干一行爱一行，自己学的就是采煤专业，这是专业对口。"

谈起同学们都在院校和科研所择业，他说他不后悔自己的选择。他现在是大学生采煤班的普通一员，还处于基层锻炼期，跟老工人打下手，向老工人学习，拎工具、扛仪器，不怕脏不嫌累。他说："我能守住这一份艰苦，我也相信煤炭行业的经济形势会有好转，煤炭基础能源的地位是不可动摇的。"

"说现在挖煤的工作是享受，那是谎话，但是从基层干起是我的心愿，我的忍耐会换来更多的工人少一些忍耐，改善井下的工作环境，研发先进的机械化采煤工具，是我从事采煤工的初衷。扎根煤矿，守住这份艰苦，是我三十岁生日给自己的承诺。"他是一个朴实的人，也是一个坚定的人。

他说他上学时在图书室的画册上看到一种花，生长在非洲的戈壁滩上，生长六年，只有一条根吸收水分，六年的炎炎烈日的灼晒，漫天风沙的肆虐，一条根拼命地生长，才换来短短两天的花期，两天过后，连花带茎一起香消玉殒。它叫依米，它的花期短暂，花型微小，但是它都能默默等待，默默生长，根须深入到一定程度开出花朵。"看过这朵花，我再也忘不了。我想植物尚能如此忍耐，等待花期；我一个大老爷们儿，还不能像依米小花一样吗？它生活在沙漠，我的人生和理想都在鲜活的生活里，只要踏实肯努力，坚守在平凡的岗位上，忍耐工作的艰苦，忍耐物质的贫困，梦想终会开出花朵。我相信忍耐是一种美丽。"

他还在井下攉煤，但是他的身边已有依米一粒一粒开。老工人、矿领导都知道，新来的这个研究生吃苦耐劳，干活扑得下身，是个好样的！

四

面对大地上，生活中种种的忍耐，我总是会提溜着一颗心，杞人忧天似的，担心正忍耐着的人，正努力着的人，得不到他的美丽、她的追求。

因为我曾经得不到，求不得。

那是我青年时期的一份爱恋。没有他的授意，我不可能让心灵远航，航行到了收不回来的地方。那片海域，心灵的海域，情感的海域，我去了，去到了我想不到的那么远那么深的地方。

我的一位女友——深知我的闺密，我了了地给她诉说我的情感。她说，这是你吗？你会这样迷失在爱情里？她大不以为然。但是，我的世界缺页少角了，我把自己安顿得迷离。

一个高年级的"蓝颜"，不远不近地跟在我身前身后，观察我，辨别我。我发现我对自己的认知好多居然来自于他的评价。他偶然看到我写的几行"诗"："啊，是你吗？你不会这样'沦陷'得这样'深'！"他一断一顿地说，盯着我的眼睛。我看着他的眼光，不躲闪："是我，是这样的我。"

他讶然。早我一年毕业的他，在打好行囊的时候，又来找我："你真让人担心。"我不领悟，也不承情。

我想他也应该是跟我一样的人，在某一点上相似得一样。他是我们的学长。他给大家说过，他很多年的理想一直是当警察干侦察。所以啊，他有一双自己也无奈的厉害的眼睛，他总是勘破别人的秘密和隐匿的情感。为此，跟老乡们的关系都不好处。我曾经说，你假装不知道呗。他无奈地摇头："知道了就是知道了，眼睛知道的，心看到的，我也藏不起来。人家都躲着我。"我当时哈哈大笑。这样的一个人，有一天，我在细雨中无聊地等信，远方的信，他不知何时出现在我身后。说起何景明墓，我说这么近还真没去拜过，于是，我们一起去看。果然，他很厉害，他的那双眼睛已看穿我的心事。归来的时候，他也许无意，也许有意，说："咱回吧，看，头发都打湿了。"

也许怨烦，也许失了面子，也许只是"凭什么你对我说这样一句话"的执拗心理，回到宿舍，我竟然拿过下铺女孩的剪刀，把打湿的长发铰掉扔了。

第二天，他的话更让我郁闷："你把头发剪了一点都不好看！"我气得想踹他一脚，偏偏装作云淡风轻的样子。我真要踹，就出格了，就出了我的格了。那是他想要的。我忍着，装着，啥事也没有一样，他便也只好啥事也没有。

有一天，他还是说了，他说，你是不是跟我一样，认为"爱是唯一的"。我认可，但还是一副是也不是的样子。

之所以这样说来说去，真的，我对初恋一往情深。连我们的学长也都被我感动。有人说，哪个小子这么有福？有你这份心就赚足了。他们调笑，我也笑，我是他们公认的傻丫头。

我期待，我忍耐，我克制又持重。这样的情感是一种煎熬。没有他的授意，我不会任由自己傻下去。但是下去了，就像月亮砸入河里了，哗啦一下，还碎了。

碎就碎吧，我看看河边，没有哭泣。心，一转眼找不到自己的心了。哦，原来掉进河里了，碎在河里的，不是月亮，是我的心。

我笑着，走着，再也走不回那个在青春的小树林唱歌的清新清脆的声音里——那是一辈子就咏唱一次的歌吗？

后来，也就罢了。但是从此害怕看到谁在努力什么，谁在期待什么，因为，我学会得过且过，不计划，不期待，不憧憬。有些忍耐，我无奈，便只是忍耐，从不抱求希望。

看到公交车尾部刷着这样的标语："我正在努力创青年文明号，请您支持我！"我居然会泪流满面。看到为了一次约会左描右画精心妆扮的学妹，我会煞她的风景："已经很好了，嫁谁也足够漂亮！"学妹却说："我也是在为自己画。"心里却总感叹——太多的期待和忍耐，抱了希望，会失望不？

其时，以及多年后，每想起当年，我总是知道——那个人，那件事，令我成长。

从此也知道，即便忍耐得不到成功，也不会没有收获——就如同我，世事如斯，失去了初恋，收获了成长；当时也许只是假模假样说做我哥哥的那人，后来，做事、担当，真的成了兄长的模样。

立在太阳里，回望青春，我很纳闷，当年的他，可是他吗？当年的我，还是我吗？岁月的依米花，不那样开，便这样开，花有芬芳，不香都是不可能的事。

这个故事，只是说，忍耐着爱。爱他，爱青春；爱自己，爱那份情感。得不到想到的，想不到的会让你得到。心的温馨，需要心的成全。有成长，经历忍耐，就不枉然；不枉然的时光，就是美丽的。

五

是啊，是啊，生有小忍，忍着爱，忍着痛，忍着纠结，忍着麻烦，忍着不顺利，忍着坎坷……总有一天，你会忍着微笑，微笑着想起来，微笑着回忆，微笑着说出来。忍耐是美丽的，世界因了各样的忍耐，多彩多姿。

因了忍耐，才有了丹麦的童话大王安徒生，他写出闻名世界的《丑小鸭》，他也是一只丑小鸭。大地上行走的人群里，丑小鸭更是无数，我们热爱那只丑丑的小鸭，它是无数忍耐者的灵魂图腾。她、安，还有研究生，都是一朵朵人生戈壁滩上的依米，为爱好，为理想，为追求，有梦有想有坚守。忍耐着，忍耐在悄然流逝的时光里，岁月会在不经意时，为生命绽放出花朵，芬芳美丽满枝丫。春天来了，小鸭子的翅膀痒痒的——

哦，它是一只小天鹅！春深处有一个声音高高地叫："我早知道它不是一只鸭蛋而是一只天鹅蛋！"孵出来，因为它能忍耐。

大树说，寒冬是四季的积蓄；老人说，忍耐是一世的美丽。生有小忍，忍是灵魂在生根，忍是思想正长芽，忍是力量在发轫，一条条根发出来，一缕缕须生出来，深入地长起来，根深则会叶茂。有一天，它开花，一圈圈年轮里，繁花盛开如锦绣。

热爱的生活里，多的是忍耐。忍耐是一朵侬米花，它别在岁月的衣襟，随风香了千万里时光的河。

青春是一粒话梅糖

春天里有紫苹的生日，春天来了，紫苹的生日近了。

一个清新的早晨，紫苹站在小院里，晾晒衣物，拂拂手端的霞光，仰望流云，心间倏然怀念一包话梅糖。

一

那年紫苹十八岁，在沿海的一个小城读商校。为了省路费，也为了别的什么吧，她暑假聘在一家公司做文员，想赚取一些生活费用，自己养活自己。

刚聘进来没几天，她却生病住院了。当月工资还没有拿，身上的人民币也所剩不多，她高烧不退，医生开了一张张单让她做检查，想着一笔笔检查费，她不知怎么办才好，望着吊瓶滴答滴答，兀自发呆发愁。

她打电话到办公室请假，请接电话的"万花筒"代写假条交给主任。初来乍到，还不熟悉一起工作的同事；学校里的同学们都回家了；除了老师，她在当地没有相熟悉的人，可就连班主任老师也带着家人回老家避暑了。紫苹有一种生活在孤岛上的感觉。

只有这"万花筒"还算熟识。他是本地人，和她又是校友。在面试的时候，他们相识，并知道了对方也是商校的学生，于是，多了一份亲切，巧的是他们又被安排在一个办公室。

"万花筒"本名万桦彤，因了谐音，大家这样叫他。"你也叫我万花筒吧！"初次见面时候，他笑吟吟地这么说。这独特的叫法，紫苹不用想也记住了，况且，又是校友呢。

病中的她，想来想去，只有给远在中原乡下的家人发电报。可那样，母亲又不知要急成什么样，爸爸会不会立即赶了来，把自己押解回家？——想是不会，家里才给哥哥下过订婚礼，没有多的盘缠，所以妈妈即便一万个不放心她独自在外度暑假，也没有法子。

想到这里，她叹息一声。叹息也热热的，小火炭一般。为什么高烧一直不下？会不会真的挺严重？她心里忐忑，这样的话，更不能让妈妈知道。

望着窗外有些阴的天空，紫苹的心空也黯淡下来。刚才医生开给她的化验单上写着日期，她才发现这个贫病交加的时刻，还正赶在她的十八岁生日。密不透风的无奈，让她闭紧了眼睛，想起去年在家乡和伙伴们一起吃青杏，哪曾想今年自己的这个生日要比青杏还涩……

二

心上爬满青杏的滋味，空洞的病房里响起一个声音，仿佛不可知的隧道透来微茫的一道亮光,轻轻地:"李紫苹,你好些了吗?"

她累累的眯了一下眼,以为是臆想的幻觉,不料刺眼的一缕海蓝滑进视野,照亮了她的感觉,她一下来了精神。

"哦,怎么是你,万花筒?"紫苹略有些惊奇。其实,也只可能是他了,紫苹的念头一闪,这个小城里有几个人知道我是谁,谁又知道我在这里?只能是他了,请假的时候,只给他说了的。

望着他的海蓝色衬衫,紫苹怏怏的神色,游出一丝光彩。"万花筒,我都以为我要死了。"

"不要乱说,不会有事的。"万花筒掇了只方凳坐在紫苹的病床边。

他慌慌地打开一个纸包:"喏,给你带一些话梅糖!"

紫苹吃惊地望着粒粒攒动的一堆糖。"谢谢!你怎么……"她本想问他怎么知道自己喜欢吃话梅糖的,念头转了,人家未必是知道自己喜欢才送来的。

万花筒看穿她心思似的:"才几天哪,我就发现你上班天天偷吃这个来着,应该是很喜欢。"

我的天,偷吃也被人看到。紫苹没想到,正发高烧的脸就更热得面皮一紧了。因为公司规定上班时间严禁聊天饮食的。由于是揭穿,万花筒也有些不好意思了,低了头去,笑笑。

"怎么样,经济上有困难吗?"万花筒端直了身子,认真地问。

"没——"这个"没"字吐着就没了音,转成了一个"吧","吧"字的语气也由感叹号弱得成了个问号。

毕竟,万花筒是紫苹在这小城唯一的希望、唯一的机会,她想客气,也已是言不由衷。

"没——吧?"万花筒学着紫苹的语调,笑了,"其实就是有喽!"

他哈哈一笑，摸着自己的衣兜，"给你备好了，两千，不够再说话，我的压岁钱多得很哪，全我自己管着。"

紫苹的泪都要出来了："谢谢你，万花筒！我会尽快还给你。"

看到紫苹红了眼圈子，万花筒转了视线，看见病房里的热水瓶："你喝水吧？我来倒。"

看着紫苹喝下一杯水，万花筒起身告辞，说回去给经理反映一下，看能不能安排陪护。紫苹坚持不让，自己才上班几天，千万不要！

万花筒说："那好吧，明天有空我再来看你。"

三

看着万花筒离去的身影，紫苹打开那包话梅糖，感激地想，这是这个生日里唯一的礼物了。紫苹悄悄地含口里，含着难得的一份安慰。

第二天，万花筒没有来。

可能太忙了，人家也就是客气一句，自己不便当真的，也不该认真。可是人在病床上，时间过得慢慢又慢慢，紫苹真的期望有人来过问自己一声。终于，还是觉得，这样已好，总算可以渡过难关，够幸运了。

不再期待，默默检查，默默打针，默默剥一粒话梅糖，默默放在口里。高烧坏了的味蕾微微甜一会儿，心也跟着酸微微甜丝丝的。然后，默默昏睡，昏昏睡着，梦也酸酸甜甜的。

有人把她从梦中推醒。夜色已浓，圆月照在床头，是万花筒。"今天，主任通知下县催款，回来晚了，对不起啊。"

万花筒给紫苹带来了宵夜，两人一起吃。然后，紫苹剥开一粒话梅糖

243

给自己，也请万花筒和未睡的病友们吃，说："请大家吃话梅糖，为我的生日嚼嚼灾，让我快点出院。"

万花筒抱歉不已，说："不好意思，让你自己过了一个没意思的生日。"紫苹笑了："这么多的话梅糖陪着我呢，我自己不是也差点忘记了吗？"

太阳又升起来的一大早，万花筒就来看紫苹，带来了生日蛋糕、一束康乃馨，还有更多的话梅糖，话梅糖是装在一个玫瑰形的花盒里，盒子上镂空的图案，隽永又含蓄。话梅糖簇拥着的是一个玫瑰花形状的发夹，仿佛有香暗来，紫苹忍不住吸了一下鼻子，却微笑着说："早晨的空气好清新啊！"

万花筒也答非所问地说："真的不知道你更喜欢哪一种花，所以两个任你选，可以是这个，可以是这个，选一个吧？"

紫苹笑，轻道："都很好，谢谢你！可还是话梅糖最好吃！"万花筒一时无语，随后还是朗朗地笑，温婉地说："那就多吃！"

四

酸酸甜甜的话梅糖，伴随紫苹生病的日子，终于，她出院了。

重回办公室里，万花筒追随的目光，不动声色，却让紫苹悄然脸热心跳。她犹豫着，不知如何是好，心里想着，要快些把医疗费还给他。

夏天过去了，紫苹凑齐了款子还给万花筒。万花筒不要，她硬是要还。两人都急了。"你什么意思啊？"万花筒说。"什么什么意思啊？你先接钱再说。"紫苹道。

"你不说清楚，我不要了。"

"这是你的，为什么不要？接着！"紫苹塞进他手里。

他一松手，纸币散落一地，两人赶紧蹲去捡着。一张，一张，捡着，万花筒缓缓地说："你不知道我的心意吗？"一张，一张，捡着，"不知道。"紫苹就这样答。"那我说出来了，啊！"万花筒不再捡，看着紫苹的脸。"快捡，风来了！"紫苹打岔。

"那就是纸而已，刮走就刮走吧。"万花筒索性站起身，不捡了。

紫苹急了："你干什么？快点捡！"

万花筒偏就不动手。"你答应我！答应我，我才捡它们。"

"答应你什么？"紫苹已是不敢抬头。

"你说答应我什么！"万花筒猛然冲过来，握住紫苹的手。

夕阳下，紫苹躲着他的视线，泪却出来了。"这不公平，我欠你的，好像要把自己卖给你。我们家很穷的，你是城市的，养尊处优，我是农村的，下里巴人。我爸爸要把我嫁给一个乡下暴发户，为哥哥筹钱娶亲，我才不回家的。——这些你都知道吗？"紫苹乱乱地说着，想起哪句说哪句，反正主要的心结也全说出来了。

万花筒一时愣在那里，行人来来往往看着他们，好心的一个阿姨提醒："生气也不能不要钱啊，快捡起来！"说着弯下腰帮助他们捡拾。一个路过的小伙子打趣他们："破坏人民币可是犯法！"

两个人狼狈极了，胡乱地抓净地上的纸币，万花筒拉一下紫苹的臂，慌慌地夺路走掉。

五

万花筒答应收起紫苹的还款——等到一年后他们毕业的时候；也答应紫苹重新考虑这件事情——也等到一年后他们毕业的时候。但他不允许紫苹说："我们俩在一起不现实。"

"你先不要这样下定论。"万花筒定定地望着紫苹说。

"红灯停，绿灯行，黄灯等待——不熄火！记着，我在等待，不熄火。"他对着紫苹强调，每月一次，每周一次，不厌其烦，紫苹和她的寝室同学却有点不胜其扰。以至于有一天，她寝室长说："门槛都踢破了，也快要毕业了，你对他还没感觉吗？"

紫苹的心里，七上八下，她也搞不懂自己。

她迷惘在自己的迷惘里，不知道自己是不是遇到了"爱情"。她突然觉得，自己对作为个体的自己是了解的，可对作为群体的自己又是不明白的。

当时在让万花筒重新考虑的同时，她也在反思自己，考虑自己对万花筒的情感。一年多的时光里，时光堆积，她的心事一重一重，忽然开了，忽然合上，她有时心烦，有时欢喜。

离毕业越来越近，她有时反倒会害怕起来——害怕万花筒执意而行，也害怕万花筒万一，改变主意。

她弄不明白自己了。

六

就要领到毕业证的那一天，紫苹睁着眼睛睡，到天亮；到天亮，却闭上眼睛真的睡着了。

万花筒送的话梅糖，居然吃了一个夏天，又接着吃到毕业——一年多来，他什么也不再送她，也不再提起那样的话题，他只是会在周末拿过来一小包话梅糖，嘟噜一句"黄灯不熄火"，然后好脾气地笑，走开。

剥一粒，剥一粒，紫苹想，话梅糖的滋味，就是自己的命，有酸有甜；也是她对万花筒的感情，希望是甜，可是现实却酸。她自卑地感到，自己和万花筒不是一块地里的虫，妈妈说过这样的话："门当户对是婚姻第一要义，流传了千年的俗语是不俗的。"

毕业证发下来。一星期过去了，毕业的他们就要离校了，万花筒却销声匿迹了。

一天，一天，又一天，沉默，紫苹的心里越来越明白，连寝室里的姐妹们都说——万花筒临阵脱逃，你俩没戏了！

是离校的时候了，紫苹在宿舍里收拾行李。她甚至买一包话梅糖，写上万花筒的名字，交给寝室楼的门卫阿姨。也许，他会来；也许，糖会自己化开。反正，话梅的滋味才是这一段经历的真实滋味，紫苹这么想着。

第二天，紫苹拉了行李箱，推开门，惊地看见，万花筒站在玫瑰花丛中，红玫瑰点亮了宿舍楼那一整面雪白的墙壁。美轮美奂的红艳，刺痛了紫苹的眼睛，她的泪水夺眶而出。邻居和姐妹们的惊呼声中，万花筒还是那样笑吟吟，手里拈着门卫阿姨转给他的话梅糖，晃一晃："你想把它们扔下吗？"

他拍拍紫苹的头，把她拥到怀里："傻丫头，我是你的话梅糖，一生一世，粘住你，在一起！"

　　原来，万花筒这几天来，一直在做爷爷奶奶和父母等家人们的工作。奶奶是个古董脑子，担心宝贝孙儿娶个出身农村的媳妇受拖累，即便听说她再贤惠，再晓事明理，再善良朴实，也是不肯松口。老人家年迈又多病，实在是怕她生气伤身，万花筒便只好慢慢突破，左一番右一堆的道理，软磨硬泡。心疼儿子的妈妈也上阵敲边鼓，爷爷和爸爸也开通地帮腔，奶奶终于答应他们交往。

　　朗朗的初夏新雨后，紫苹跟了万花筒回家，见众家人。奶奶见到她的模样，左端详右打量，越看越是一脸笑。一整天里，奶奶拉了她的手不放，说："好，好，好！"老人喜欢得多吃半碗饭，一定只要紫苹坐在她的身边。

七

　　一个夏日炎热的晨，紫苹的爸爸辗转找了来，一定要紫苹跟他回去。

　　"你一定要回去跟人家结婚，聘金收了，给你哥哥办彩礼花上了，你不回去，叫我的老脸往哪搁？吐地上的口水不能舔起来！必须回去，不然我就死给你看！"

　　紫苹害怕了，再怎么也不想爸爸寻死觅活的。

　　万花筒坚持陪同回去，紫苹没依，只说不会有事，爸爸这么大年纪了，把他送回家，会马上返回上班的。

　　紫苹和爸爸下了长途客车，转乘进村子的三轮车。

夏天当地刚下了暴雨,桥被冲垮了一个墩,来往的行人和三轮车也都在正常穿梭,偏他们乘的三轮一个趔趄翻腾入沟。同乘的三个人都只是皮外伤,爸爸也只是擦破了手臂,三轮重重的车身却压在了紫苹的右腿上。腿折了,紫苹便也躲过另一劫,那订了婚的财主家里嫌恶紫苹的逃婚,如今要办喜事又折了腿,借口"不吉利"含糊着毁了约。紫苹暗自高兴,毫不含糊地答应了。

但紫苹只好在家乡医腿。俗话说,"伤筋动骨一百天",紫苹在家乡养伤,小山村落后,没有电话,手机也没有信号,发电报吧,离乡邮政所有八里地呢,自己又动不了。

紫苹着急也是没用,联系不了远隔千山万水的万花筒。索性,也不再心急,两人有情岂在朝朝暮暮呢?

她把心中的山山水水写在心里,记成日记,想着会带给重逢的万花筒一份特别的感觉。

三个多月后,紫苹康复,顾不得医生"再巩固一段时间"的交代,急切切返回那话梅糖日夜缠绕的地方。

已是情去人空。万花筒以为她负心嫁了父亲相上的有钱人,他另结情缘。对方是他青梅竹马的邻家女孩,早已钟情于他,两家大人也曾有意成全,但因了紫苹,万花筒以前断然拒绝,此时,善解人意的邻家女孩,正好为他来医情伤。万花筒要换环境换心情远离伤心地,于是两人速速办手续,双飞去澳大利亚留学……

紫苹听完留在当地工作的两个同寝室的小姐妹给她讲这些电视剧里才会有的情节,她听着"故事",一声叹息,轻得缥缈。

那一叠细密的相思永远定格在日记里,秋风里它们化作灰烬,飞飞飞,携了天尽头无边的酸和甜,堆成一堆话梅糖,绣住紫苹的泪水和痛。

紫苹她从此只记得话梅糖的滋味，是她初恋的滋味。

八

数年后，这个清新的春日早晨，紫苹站在小院里，晾晒衣物，拂拂手端的霞光，仰望流云，心间倏然怀念一包话梅糖。

"话梅糖啊话梅糖，"紫苹口里不觉念叨，"青春是一粒话梅糖，淡淡的酸提醒着甜的滋味，酸里面更有一份岁月的甜……"

已经三岁的女儿蹦跳着跑来跟前，问："妈妈，你说什么啊？爸爸打电话说一会儿回来，开车接我们去给你过生日。"

酸酸甜甜的话梅糖啊，分明提醒了她，谁的青春不打弯？如同头顶的明月光、太阳红，光芒万丈，却也有弯有曲有折射，但光明总能照耀大地，人生终要正常走过。已好！先生、孩子、家庭——眼前当下拥有的，是岁月的静好；青春的话梅糖，经了时空的光与影，化开来，化成一片珍惜。

紫苹笑了，抚摸女儿的小脸庞。霞光照着她的日子，如同话梅糖的滋味落在心上，是青春与美好。

幸福的女人糊涂涂

一次单位聚餐中，两位男同事谈到他们各自的老婆。

陈说，他的老婆好糊涂，吃喝玩乐，晕头晕脑，他开多少钱都不知道，家里的存折也模糊得很。他说：他要是想存私房钱，要多方便有多方便——可他没那习惯，没有需要，也没有必要；若是养个小三小四小五的那也太容易啦！因为老婆要多糊涂有多糊涂，她自己的初恋情人找到家想叙叙旧，她愣是糊涂得不认识人家……

史却反其道而行之，讲了完全不一样的他的老婆——敏感，精明，防不胜防。千小心万小心藏的私房钱被发现了；还没跟初恋情人怎么样呢，不是被查到电话，翻腾到信息，就是被搜索到QQ聊天痕迹，还会偷摸地跟踪，比警犬还机警，心眼子比筛子的窟窿都多！

同事们议论纷纷，说是陈有福气啊，摊这么一省心的老婆，免生多少回气；也有感叹史不容易的，摊这么一个好较真的老婆……

唏嘘感慨之中，"90后"的小姑娘青青目光犀利地盯着二位男士："陈哥哥啊，就因为您是'十好'男人，嫂子才是一个糊涂的人；史哥哥哦，小妹这厢得罪了，"青青说着打一拱手，"您老肯定是猫腻忒多了，把个嫂子活活练成只超级美女警犬！"

众人几欲喷饭，哄堂大笑之中，开始品味小姑娘青青的点评。

可不是吗，透过两男人的描述，大家明白听出：一个是幸福得一塌糊涂的女人；一个是焦灼不安一点也不幸福的女人哦。

但是也有人疑惑地发问，要史哥哥的媳妇也像陈哥哥的媳妇那样糊涂，是不是，也会跟陈哥哥的媳妇一样幸福呢？还是陈嫂子糊涂，陈哥哥才没有什么风吹草动呢？

人们猜测着，倒是两个男人像没事人似的，各忙各的。

陈哥在给媳妇打电话："傻瓜媳妇啊，别忘记吃药啊，你的化验单我拿回来了，血脂还高呢！别忘记了，啊！"陈哥语重心长，苦口婆心地千叮咛万嘱咐。

史哥呢，低头发了一阵信息，还是把电话打起来了："不方便，不方便，我回头打给你……"他支支吾吾欲语还休。青青几个年轻人做着鬼脸："是二嫂吧？还是三嫂？"冲青青他们，他讪讪地："你们小孩子懂什么！"

年纪最长的冯老师说："其实，要我这老太婆讲，感情的事，色彩多了，就是折腾，还是简单一些幸福。生活真是越简越舒坦哩。女人嘛，遇着啥人就过啥样的日子……"

在座的想幸福的女人们发问："女人糊涂了就幸福呢，还是女人幸福了就糊涂？"

冯老太说："有人糊涂了也并不幸福，有人幸福了也无须糊涂。男人女人都如橘，在南为橘，在北为枳，谁说得了呢？"

大家七嘴八舌，各言其妙。有说"傻人有傻福"；有说"难得糊涂"；有说："这些个俗语不俗，不妨傻一些。最起码，陈哥的老婆糊涂，已然幸福；史哥的老婆无力更改史哥，还是糊涂一点，让自己少一些办案取证的辛苦。"

因为幸福，才糊涂？因为糊涂，才幸福？幸福的人自己都说，幸福是本糊涂账。

幸福的女人糊涂涂。

皇帝的咖啡

说请谁喝咖啡，一直没有请。

多少年前就购买过一本关于咖啡的故事书，一直没有看。

有人送了咖啡壶，一直没有用。

存放的咖啡，换了又换，还是一直没动过口。

嗅了它的味、她的味、他的味，它们的味、她们的味、他们的味……众味杂陈，百味又百味，我的鼻子失了嗅觉，没了灵性。

所以嘛，所有的咖啡不必饮。趣味已无争辩，趣味本无须争辩。

一个人的咖啡，一个人的厅。

曾经有一回，大雨之后，为碧空所动，情动于衷地跑起来，去高高的楼上看彩虹。一路奔跑，一路清风，终于爬上高高的楼层，却突然转身回去宿舍楼。

有问：Why？答：乘兴而来，尽兴而去。

那日看《皇帝的新装》，心头突然有了全新的理解——

我那无形的咖啡，岂不也是皇帝的新衣裳？

谁也没看到，他已穿在身上。

我的咖啡，我的兴致，勃勃的，可有谁瞧得见？而我，早已一饮而尽，那清澈，那芬芳，那霓彩，那绚丽。

许多东西，不也是这样吗？

你在我心上。

你从没有来过。

我说，你在我心上。

当然，我心上的你与你无关。

我的一个人的咖啡，一个人的爱情，一个人的城，任凭一片潇潇烟雨洒，心上也无风雨也无晴。

你不在我心上。

一个人的烟雨也是烟雨，多么滂沱，多么纤柔。此时，我饮与不饮，咖啡在心，香在眉眼，花缭乱。

缭绕着的，是一个人的情怀。因你而起。

我说，我是你的粉丝，来世还要暗恋你。

你说，昨天的谜语猜对了。其实，哪有对错，"不现实"全是错，只在我心上，全对。

是的，"暗恋"。感谢姐姐在一次过激的数落，口出责言之时，为我选择这个词，批判我的沉溺。

你喜欢这个词吗，你愿意我这么说吗？

多年之后，还是遇到了"你"。

与你同桌而坐，在一次培训之中。

在你的青春里，我看清楚自己的青春。美好，心痛，尴尬，忧伤。

我没有说出来，但层层叠叠的感觉在心上，一浪翻着，一浪卷着。

一如当年。如此幻觉，令我望而生畏，却步在千里之外的，是心，更是往日情。

"你"温婉如昨,伸手指点:"你坐这里吧。"

我坐下,却有些不安。

静静望着"你"笑,"你"不好意思地躲闪:"笑什么呢?"

我回了目光,却找不到笔记应该记的地方。

"在这里,看,忘记了吧?"我记笔记,不再望"你"年轻的脸。

他是你的同乡,干净的脸,清澈如小马的眼。

同样的年岁,一如你的当年。

坐在他身旁的我,却是许多年之后的我——

我好想时光倒流,让他变成你。

这一次时间不短的培训,让我感觉异样。

怪怪的是我的感觉——因为心里的"鬼"。

乖巧的小男生,清清地对人笑,一如当年的你。

楼道里碰到,"过来喝咖啡吧,我这里有。"他说。

我轻轻摇头,心上落了一层忧伤。

他说:"你怎么了?"

我笑了:"小屁孩儿,我能怎么呢!"冲着他,没再搭理。

为自己自卑吧——我怎么这么丑陋。

文学院长在讲穿越剧,我的心上昔日剧穿越不停。

电话蹦过去。"在开会。"你轻轻闷闷的声音,不是青春时的清澈明净,音线里已有了青苍的意和味。

收了电话,青春的电话铃,丁零零,响在心空。

"喂——?喂——?"轻又轻,柔又柔,软又软,那么暖,那么暖……

记得那时，我不再倾听，我满意地收线，心满意足走进阳光里，一身明媚如晨曦……

穿越剧回到现实，我看到，小男孩如你的脸，如你的眼，巴巴看我。

谢谢你的咖啡，我只闻香。

天下赏花惜花人，添取梅花一缕香。小男孩一如当年的你，是文学院的研三学生。

他手上的一句诗，赏花，惜花，添取，一缕香，给梅花，是你我过往的青春穿越剧。

他与我合影，他送我离开。我终于忍不住，在拥抱送行的人群时，轻轻拥一下他："谢谢你。"

他不懂，我懂——谢他让我又看到了你。

我看望我的青春，我的你，在这大学校园的青春里。

一个人的咖啡，喝一辈子是短的，下辈子，还"暗恋"你啊。

这无可救药的罗曼蒂克，是真正的、纯粹的。

如果青春重新来过，我依然如故，"水来，我在水中等你；火来，我在灰烬中等你"。洛夫的情怀让我迷恋，不妨依然傻傻地说："我崇拜纯粹，依然崇拜。"这辈子不变，下辈子还这样。

我在《皇帝的新装》里，重新读出一份崇拜、一份纯粹。

一起喝咖啡，你来了没有，有什么重要？我的空气澄明里，心与情都薰香薰甜，微微薰落的，还有一层粉红。叠叠花浓，爱与青春摇曳着。自己一个人的咖啡厅，自己一个人的咖啡壶，自己一个人的回味，回味那留不住的青春滋味。

桂香咂了秋的飒爽，温了青春，煮沸一壶——皇帝的咖啡。

抹布女的魔布

"我就像是一块抹布,把你身上的泥土擦干净了,把你擦得像个城里人了,你就把我丢掉了。"这是一部电视剧里的台词,这句台词里的一个词流行成经典——"抹布女"。

现实生活中抹布女也还是多些的。把男朋友扶持起来了,男友如旗,立住了,直挺了,自己的腰弯着,背驼了;把爱人打磨出来了,爱人光鲜了,耀眼了,自己枯黄了,在萎谢;把丈夫催熟了,自己还青涩着,灵魂生生的……

如果你是那男人,如果她是那抹布,你会怎么做?良心的克制和忍耐是有限的,毕竟日子不能总在芒刺上过,你呢,会不会,也一不小心二不在意地,把那抹布给丢了,弃了,忘在脑后?要不你胸前挂块黑不溜秋的抹布吃西餐或者喝口工夫茶,你的胃口会好,你的兴致会勃勃?你,会不会,一随手的事——扔了?

再不然,极有耐心,极有良心,极有爱心的,你或者他,把它,腐的臭的黑黑的,那抹布,洗好,捋平了,折整齐,装在哪里,供在哪里?存入心灵的祭坛,或是情感与生活的博物馆?那也是不能随行了的。

如影相随，又能咋的？不咋的，不合时宜，不伦不类，不……反正是一种疙疙瘩瘩的感觉，如芒刺在心，在口，在眼，在身。到了这个时候，谁还是谁的折磨，谁还是谁的爱？即便你是抹布，也会慈悲——何必两相折磨，各放一马吧，都找自己的南山去。

人生的选择出其不意。你打磨了谁？你擦亮了谁？你毁灭着自己。成功的抹布女，在擦亮对方的同时，也不忘记抹一下自身，擦心擦眼擦灵魂，用他剩下的"剩水"———一样的营养一样的成分。那你和他同为一种材质，同在一条流水线，谁也不下线，统一的，般配的。他质变的时候，你也量变着，虽不并驾齐驱，却也相去不远。这样的抹布，他需要，他必要，随身携带，方便随意，谁也代替不了。

抹布女啊，在擦亮他人的同时，要修炼自己哩。修炼成小魔毯，暖他，爱他，呵护他，清爽他，着魔的心，他不能走出你的毯。

人生是一种修行。活着就要修炼，这是生命的意义所在。做一块聪明的抹布吧，且擦且亮且修行，成就他，也造就自己。

如果你真的是一块好抹布，如果你真的能把他擦成神话，那你绝对可以传奇自己。

我见到，读了研，留了洋，在国家部委工作的他，辗转回到小县城，娶了一步步支撑他走远走高的她。末了，他回到原处，他说："我是风筝你是线，飞得高放得远，是我的造化，更是你的修行。回到你身边，心安仿佛故乡。"他说，她是他的魔女，收藏了他的心。

我也见到，他读大学，她守在一边租间房；他参加工作，她终于嫁君随君——他为她安排工作，张罗开店；最终，他拿着不菲的年薪，他俩却离了。谁说，她是抹布，擦亮了他，擦没了自己。她说，其实不然，我跟着他飞飞飞，太累，他飞黄腾达他的，我还是租房住，我自己才心清如水。分开后，他一路攀升，年薪越拿越高，又娶一黄花；她带着女儿远走他乡，承包一栋楼出租赚钱，生活在自己的意愿里。对还是错，她说，人生只有一回，执行自己的程序，无悔。

谁是谁的抹布，谁靠谁擦亮？思忖之下，这两块"抹布"都是自主生活的人，自己无悔的，当是成功的。明眼人说，抹布女的成功在于她的好际遇，更因了她手中那抹布舞成了魔布。魔布在手的抹布女其心慧，其情笃，其神淑，淑女、聪慧、专情向来是成功男人的杀手，焉有不围绕她石榴裙打转的糟糠夫、精粹男？

两个女人说，每个女人，都有自己的节奏，飞旋起来，是抹布，是魔毯，还是魔布，全在自己掌控，男人不能决定。

做个抹布女，把抹布操练成魔毯魔布，成全自己，还是装载他人，女人的决断是自由的，男人取舍亦有自主权。当然了，越自由，越不能随意；越自主，越不能自由。不然的话，伤了的胃可是自己的，失了颜色的不仅会是花容，更会是那颗男人心。

谁比谁更深情

楼下车库里，住着一群车，也住着一个老太和一只狗狗。

晨起，我去上班，电动车载着孩子，会看到他们也起来，在晨曦里，晃晃地走。晚归，彩霞满天，我的电动车载着孩子，也载着一包一包青的绿的白的红的菜，回家来，夕阳的余晖里，是老人伛偻的背影，背影的前方是那只小黄狗。沟沟坎坎的地方，小黄狗叫着撕扯主人，此时我发现，老太的眼睛眯着，一脸雾蒙蒙的样子。哦，她的视力模糊。她时而会蹲下身抚一下那只狗，像抚摸一个孩子，脸上的慈祥与爱怜，在晚霞里流溢着，熠熠发出耀眼的光芒。

孩子逗着小狗时常追到他们的家里，我撵着孩子，也看到过一眼他们的家。车库里没有暖，没有气，光也没有，我看到简陋的一张板床、一条小几、一只小矮凳。矮凳旧旧的，破破的；几上有碟也有碗，有残饭，有只暖瓶，是新的，瓶子没有塞，瓶塞落在几的一条腿边。我弯腰去捡塞子，塞进瓶子，瓶子没有一丝热气。老人颤悠悠的嗓音说："谢谢你闺女！老了，不中用，眼神也不好，找半天也找不到……"

我很想问老太，哪方人士，为何借居在此。

先生回来了，呼唤小儿，拎着大包小包一起上楼去。晚饭的时候，问起来，先生说，是楼上的阿婆，可能是腿脚不好，上不得楼，所以住在下面。

匆忙上班，匆忙下班，匆忙里，我能看到老人的孤寂。每每看到，除了她，还是她，除了小黄狗，还是小黄狗……

一天的餐桌上，儿子在给先生讲小动物的"特异功能"，孩子说，狗狗会给人捡石子。先生问什么意思，孩子说，他看到楼下的小黄狗跟在前面，把挡在老奶奶脚前的小石头捡走，扔在草丛里。先生不大信，我也不大信，但是孩子说："是真的！早上我先下楼等妈妈的时候看到的！"我与先生相视无语，我想象着小黄狗会是怎么关爱老人，还知道把石头捡走！

孩子奇怪地问一句："为什么总不见那个奶奶家的人呢？她没有儿女吗？"

先生赶紧制止："小孩子，别乱讲，人家儿孙满堂，可能是都忙……"

"你不是也很忙吗？还天天去看爷爷奶奶；妈妈也很忙，也总去看姥姥姥爷呀？你看对门的王奶奶，不还是小王叔叔跟他住一起的吗？那些人不是都忙吗，都不管老人？"小孩子稚气的声音朗朗地说。

我给孩子分析："咱们天天早出晚归的，除了睡觉在这里，能了解什么情况呢？很可能老奶奶的孩子照看她的时候，我们没有看到，要不然老奶奶也不可能一直活着呀，总是有人给她送吃的吧？"

孩子想想不语了，然后他又问："妈妈你不是说了吗？老人不是光吃饱饭就幸福的！每次我作业多，周末不能回去看爷爷奶奶，你总这样教育我！再说了，你看现在冬天了，多冷啊，那个奶奶住的车库里也没有暖气……"

  孩子絮絮地讲，天真又可爱，小小少年的他已经开始有自己的思想。他写了一篇作文，题目叫"陪伴"，写小黄狗对老奶奶的陪伴，也写老奶奶的儿孙们对她的不陪伴，结尾被老师用红色波浪线圈了起来："老人的儿女和小黄狗比，谁更深情呢？"

  漫天飘雪的一个黄昏，因为路滑，没有骑电动车，我牵着儿子的手往家走，在小区的门口，碰见嘀嘀叫着的120救护车疾驶而去。我惊悸地想，是谁怎么了呢？车轮溅起雪尘，漫天的雪模糊了天地。"汪！汪！"我看到了紧撵在车后面的小黄狗，它的四肢飞起来，还是撵不上，它绝望地蹲在小区门口的雪路里，"呜——呜——"像是在哭泣。

  春天来了，我再也没有见到老奶奶。有一天偶然听到门卫师傅说，她在车库里逝去，不知何时，是小黄狗汪汪叫，小区的清洁工发现情况不对，叫了她的家人，才打了120的电话……

  春花开了，夏荫浓了，秋风起了，冬雪又飘，谁也再没有提起过老太。只有小黄狗，它永远蹲在小区门口，张望着老太离去的方向。晨曦里，晚霞中，风来，雨去，它都在，等待着，守候着，成了一只金黄色的雕塑狗，淹没在人来人往的长河……

你是我的电光石火

那一天，我怀疑自己存在的意义和工作的价值。

在乡村小学教学，天不亮就从市区的租住屋里往山上赶。披星戴月地出门，披星戴月地归来。当时新结识的男友研究生刚毕业，他的家在市区。他跟我一起去过几次我执教的小学。

荒凉的大山，光秃秃的，他看到我们那孤零零悬在半山腰的几间破旧校舍，屋里衣衫脏旧、脏手脏脸、拖着鼻涕的山里孩子。我教给他们比较纯正的美式发音，我是小学第一个也唯一一个英语专业本科生，校长说，终于能听到是这么回事的英语读音了。

山里的孩子，离校路途远，时间观念差，他们是真正放养的孩子，哪时走到哪时上课，所以我上课的时候，时常会有一张脏脏的小脸出现在门口，张望着一双怯怯的眼睛。

研究生看不得这家长都不管束的孩子们，他说，你的工作没有意义。他说，你是在浪费青春。他说，他说，他说……慢慢地，我也开始怀疑我的存在有什么意义，我的教学有什么价值。如同他所说的，一年一年，我在山里喊着，能喊出什么名堂？只会一年一年把自己喊老去，喊来白发，喊来皱纹，喊来眼花耳背，喊着喊着弯腰又驼背……如他所说，他会一年一项发明，几年一个项目，造福社会，体现价值。当公务员的同学会实习期、干事、副科、科级、副县、县级……开公司的朋友会一个月、一个季度、一年多少利润，几年下来，公司上几个台阶，财富积累到哪个数字……我呢？一眼望到底，从青春到白发，教师教师，就是教师一枚。

"能够桃李满天下也好，瞅瞅你教的那些学生，你教不教他们，他们都是那样生活在大山里，或者出山打个工……"

和研究生在一起的日子，我越来越没有自信，没有自尊，动摇自己的理想和信念。我承认，我的存在就是电光石火，充其量也就是一缕光一点火，在这浩渺的世界里，一闪而过。

我的工作没有意义，是我的工作对象没有价值，我的付出没有意义，我也就没有存在的意义？是哦，如多米诺的推理，一环一节无意义，我的电光石火理念就灰飞烟灭。

我是小草一样普通的一个人，不是大树，不是高山，我所做的事情，是不能对社会对国家有大效能的，自身发展的空间也一目可以了然。可是，它就没有意义吗？

和研究生分手的那段时间，我的情绪低落到极点。不是分手令我难过，而是交往一年多以来，来自他的否定和抨击，让我的忙碌无地自容——早出晚归的工作无意义，一日一日是在浪费青春？是吗？我一遍遍问自己。

荒山的夕阳坠入山谷里，我的心里灰暗极了。我坐在空无一人的大山小学办公室里，有雁叫着从窗外的天空里飞过。一巴掌大的天空也是那么黯然，光线暗淡得，把我心上的光，也都收走了。

我颓废地往外走，去赶山脚下的末班车。百无聊赖的末班车晃着，晃向万家灯火的城市。我随便翻着一本杂志。那个睡在地板上的小女孩吸引了我的视线，我久久地看着她，睡去的模样紧抓着我的心，摇啊，摇啊——伊拉克，孤儿院里的小女孩，在水泥地面上画了一个妈妈，然后脱下鞋子，小心翼翼地躺在妈妈的胸口，睡着了。哦，世界上有这样的孩子！我感叹着，心被拽进小女孩的梦里，摇着……车里的移动电视屏幕上在播放本省的新闻城事，我被片子里那个矮小瘦弱的小男孩吸引着。六岁的孩子依靠乞讨养活爸爸，他的爸爸出了车祸，做了开颅手术依然不能正常行走，房东说，他的头摸起来是软的。"妈妈跑了，不要我们了，我得养活爸爸……"他不知道六一儿童节是什么，他对靠近他的陌生人说："你不要把我偷走，把我偷走就没人给爸爸讨钱买饭吃了……"我也想起我的学生，有一个孩子的书包裂着，露出一个大大的葡萄酒的木盒子，那么长地露在外面，孩子视若珍宝。第一次看到，我奇怪地问："这是什么？"他认真地告诉我："老师，这是我的铅笔盒。"第一次给他们布置准备新年晚会的任务，有个小女生追到办公室问我："老师，什么是新年晚会？"……看着，想着，我的颓废、我的暗淡、我的黯然、我的神伤，晕晕的，晕开在车窗外的灯火通明里。是啊，宇宙万物间，历史长河里，人的存在犹如电光石火——闪电的光，燧石的火，如白驹过隙。平凡平淡如我，如我的工作——只要世上还有睡在地板上妈妈怀抱里的女孩，还有以六岁之躯乞讨养活父亲的男孩，还有不知道新年晚会是什么，用不起像样的铅笔盒的孩子……我的工作就有意义，我的付出就具价值。

　　城市的灯光那么多那么明亮，山上的电光那么弱那么微暗。只要驱走一点点黑，只要带来一点点光，照亮孩子的眼，照亮孩子的心！我想，我愿意，青春不悔。花有花的事业，大树有大树的事业，大海、高山也都有它们浩瀚、巍峨的事业，我的存在是电光石火，让我做这样的事吧，我愿意倾其一生去"浪费"。

孩子,我是你的电光石火。付出青春,付出岁月,有什么关系呢?多少年后,你,或许因此而燃,能够展翅飞翔;或许静默如云,脚步不曾改变。这又有什么关系呢!

心里一亮的刹那,我明白了研究生也是我的电光石火,让我明白生命的意义与青春的价值。

白云深处的驴子

大学时候的班主任老师到小城来,同学们热情地做东,陪游小城最美丽的一座白云山。

下了缆车,一起前行,至栈道佳境,我又想停下来,不再前行。冬季里来过,我都是至此不再前行,只留连在此赏景,待同行师友登高到极顶再返回,基本上每次来此山都是这样。我安于"此处景色是最美好"的心态。即便有人给我说"越往高处越美丽",我的懒惰也令我不为所动;也不乏人告诉我,上面的景物也就那样儿,你在这赏景更悠闲自在。

这一回却不同,我的班主任老师来了,她不纵容我,如当年在学校一样要求我:"上,一起上。"她不让我停下来。老师终究是我的老师,那种严格要求的亲切感,让我毫不违拗地随她和大家一起往极顶去。

走着,看到驴子,我停了下来,看着它,它们。一头一头,驮了大包大包的鱼皮袋子,重重地往山上爬。游人走栈道,它们穿林而行,踩着泥巴裸露的山的脊背前行。刚下过雨,上坡下坡,它们的蹄子直打滑,后面有严厉监视的人,挥着鞭子。

我的同学猜测说:"是不是在训练驴子驮重物哦?回头好驮游人上山

赚钱。"

我们附和："哦，有可能。"

这样想的时候，看上去，愈加感觉那挥着的鞭子可恶，那挥鞭子的一双眼睛凶狠狠的。唉，这些驴子，好可怜！看它们吃力前行的影子，与树影一起摇曳摆动，一会儿被风拉长，一会儿被阳光拈得没有痕迹。城市久不见这样的驴，况且它们还是趔趄着负重行走山路，我望着它们，感到我们一样，都是在旅途——人在旅途，驴在旅途。驴的人生，人的人生；驴的旅途，人的旅途。

我是一个懒人，不想爬坡了。它们之中谁也不想爬坡了——会怎么样呢？有鞭子侍候。

我比驴子幸运吗？不想爬就不爬，那是人生的追求。人不想求了便也罢了，无非是人家吃面包，我吃面包渣；人家拥有豪宅别墅，躺在沙滩上晒太阳，而我等是身无分文的流浪汉，一无所有地在沙滩上晒太阳……

想着，走着，我和驴和老师和同学们一起往高处攀登。峰回路转，景色一处一处尽是美好，我攀爬的累被凉爽的山风一吹，只余越走越美好的旖旎，在眼里心里晃动闪耀。不禁听到驴子在它坚忍的脚步里，腾挪出一缕灵魂对我说："你凭什么说，我命辛辛苦苦？我不以为辛苦——我在训练体力，提高素质，马上就可以驮人赚钱了，这是多大的荣耀哦！"

这样的臆想里，我不禁感叹自己的"多情总被无情恼"。这世界，趣味无争辩：他往西，你往东；她喜甜，你爱辣。各有各的追求，各寻各的梦。凭什么我就认为驴子辛苦？此之腐鼠，彼之灵肉。世事多姿态，情趣更缤纷。

瞎想的时候，发现驴已先我走在白云深处，驴背上那些袋子的缝里偶尔漏雨一般掉出一粒一粒，我们凑近，看到这些驴子驮的是石子。望高处，在修庙宇还是楼阁——哦，原来它们是往高处运石子搞建筑的运输员，没有大家想的那样命途艰难。

看着走进白云深处的驴子，老师讲了一个驴故事：一头掉进陷阱里的驴，哀鸣声声。它的主人可怜这头老驴，想，既然救不上来，干脆把它掩埋在陷阱里，既不让它痛苦，也把陷阱填埋。于是，主人与众人挥揪铲土抛下去，土石泥沙落在驴的身上。不想老驴却不再哀鸣，它安静地抖落身上的土石泥沙，把土石泥沙全都踩到脚下。陷阱填平了，驴出来了，撒着欢叫，把头高高昂在蓝天白云里。

这个故事耐人寻味。土石泥沙本要把驴埋葬，却被它踩在脚下救了自己的命。只因驴子摇身一探，看到天上的白云朵，它想飞上云端，只好把什么妨碍了它的都踩在脚下，活了命，出了彩，在那白云深处。

别总说你不想上山，那是因为你不知道山上的白云有多美丽。那一天，我跟着老师和同学们一起，站在山顶上，看白云起舞。

走过岁月的莲花

记忆是一朵走过岁月的莲花。

初夏,大学的一位老师来我们所在的小城,班长提早就发信息通知:"老师说了,来到就见,这两天谁也不要外出。"克服各样工作与生活的琐屑,在小城的四位同班同学一致决定与老师相见,与老师同游。

新城区见面,亲爱的班主任老师依然貌美如昨,倒是她的学生们一个二个灰头土脸成熟早熟得甚是了得。作为唯一的女生,我与她相拥抱,短发秀气的小圆脸,温润的气息扑向我的耳鬓面颊,我嗅到青春的时光和岁月的芳香——当年刚入校的我,也曾经与她这样相拥,她姐姐一样的温暖与美好的情意,让我忐忑的心安在校园的书香里。

二十四年弹指间,我们之中,有的与老师见过一面两面,有的甚至不曾再见过,当年有歌谣唱"再过二十年我们来相会",而今已是二十有四年了。

同学有企业老总,有机关政要,有学校校长,不管了,我只管陪着老师落座了,虽然一如当年——毕业是教员,如今依然教员一枚。爽约一位朋友的饭局,她电话调侃我:"男同学、男老师,现在一起的都是男的吧！"我大笑说："都是男同学，但老师是女的，我挨老师坐！"那边电话里闺密哈哈笑："既然是女老师，就代问她好吧！"

与老师互换通信信息，我知道我的手机里存着老师，没想到老师的手机里也存着我，那一刻，师生的眼神里，相望间又多了一缕东西，润润的，暖暖的。

我曾经在大街上迎面见到我高中的班主任："老师，我想您，不敢联系你，学生怪没出息的……"老师还是那样慈祥，他父亲一般给我说："要什么出息呢？好好工作，好好生活，就是出息！"我也曾经擦肩与当年的学生在校门口相见，她说："老师，我想你，真的想你……"也有一个我的语文课代表，他在大街上大喊我的名字，我终于发现，唤出他的名字。他解释："老师，我都叫你好几声了，你都听不见，我只好叫你名字……"我笑了："怎么也不回去看我呢？"他说："老师，学生辜负您的希望，想你，不敢回去见你，今天在大街上跟着你走了好久了，终于叫你！"我像当年我的高中班主任对我说的那样，给他说："什么出息不出息的，好好工作，好好生活，就是出息！"

唉，老师！我亲爱的老师，见证我青春和大学的老师，分享过我小秘密小小秘密的老师哦！转圈喝酒的时候，她依然宠着我："想喝茶喝茶，不想喝酒就算了。"我忍不住脱口道："谢谢姐姐！"三个男同学并不与我争宠，他们看着我俩，一点不奇怪的样子。

第二天，大家出发接上老师去瞻仰大佛。这是世界最高的佛，亲爱的老师一路虔敬，我们同行，恍然当年的青春岁月又回来了。班长冯在微信里写："老师来了！""老师带来昨日重现"……

晚上与老师一同晚饭，一同泡温泉，她的苗条秀美一如豆蔻年龄的小女孩。我突然心疼老师的瘦，不想让她那么瘦，大家也不想她再瘦。

她不想让我胖，她说，少吃面，别总坐着，多运动。

知道并不太超标的标在减肥，她立即建议，冯也减减吧。

多年不见，我们依然心相系，情相牵。她给我看宝贝女儿的美丽照片，我给她讲毕业后的心路历程，直把刚结婚不会切鸡肉，把整鸡放锅里炖，等到值班回去的他见到，锅里的熟了，露在外面的鸡脚还是生的，大惊失色，传为笑柄，也说啦！老师望着我，又可笑又心疼的表情："后来咋啥都会了？""有了孩子就啥都会了，从给孩子蒸鸡蛋羹开始会……"

多糗的事，给老师说说；多糟糕的经历，给老师谈谈。志也讲他的职场故事，那些磨砺和经历；冯的创业与守业，之艰辛之欣慰；标的家庭与工作，调动与祥和。

我还是一个见到困难就想躲避的人，老师一如当年拉住我，让我跟大家一起，上到高处抱佛脚，登上顶峰赏山景。唉，亲爱的老师，我们的亲老师，亲的哦！一路上，她关照这个，看看那个。哪个掉队了，没跟上；她都知道，一转眼谁不见了，她都知道。"在那儿！""在那儿！"她说出，她指点。一如当年，她带我们一个班的学生，一起学习，一起生活，一起成长，全方位复眼的她，谁的情况，她都知悉！我们是她毕业后带的第一梯队，她说过，她格外用心——我还曾经打趣，就跟初恋一样哦，我们是你带学生的初恋，感觉当然不能一样！

一路的山风吹，一路的风光看，漫山树青枝绿叶儿翠，水清潭秀云朵白，似乎我们又回到从前，昨日重现。转眼间，山一程水一路，此时的登山与同游，也成了昨天。昨天与今天，大学与眼前，都一样是风景，一样是美好。昨日的风景，今天的回忆，美好，美好！

老师返回青春大本营的时候，我们那么留恋，那么不舍。阳光下告别，拉开车门送她上车，作为唯一的女生，我不再敢与她拥抱。见面时的那一抱，令我醉，令我微醺，当时已然眼湿湿，只是被相见的喜悦与欢呼轻轻掩藏；而此相别，我望着，三个男生也望着，老师似乎也望一望，我真的没敢再上前相拥，害怕矫情的"汗"落下来——登山时，那个可爱的年仅三岁的小小良子，望着爸爸抱他上山一头的汗，他伸出小手："给爸爸擦擦泪！"孩子把汗当成泪，我这里只能把那样的水珠当成汗了。寂静的分别，浓密的沉默，我知道一抱，我就会矫情——心上一片汗，早都忍不住了，淌成青春山间的水。

　　记忆的池塘里，想念一朵朵，穿行，穿行今生，汗与"汗"，都是亲亲的水。青春是一朵莲，绽放在与你同行、有您相伴的岁月里。

　　时光如水，比水还好，多姿多彩。似水的时光里，再轻吟"江南可采莲，莲叶何田田""荷风送香气，竹露滴清响""莲心彻底红，吹梦到西洲"。青春的莲、记忆的花，梦中被吹到青春大本营。

爱是岁月的图腾

春来溪水碧如蓝,先生和我不一样。

日上三竿我不起,春天不是读书天,晚上上网起不来床。先生骂我:"懒婆娘——慵懒正是好模样。"恼一恼,话锋一转火气消。抬眼一看,早餐到,豆浆水果鸡蛋饼,鸡蛋里头没骨头。爬起,赶紧洗刷刷。懒洋洋,懒婆娘,今儿不上班,明儿还懒——天气那么好,天空那样蓝悠悠,索性:"老公你也不上班,陪我玩山逛水去!"先生道:"我和你不一样,兢兢业业上下班,辛勤赚钱把家养。"这一点他的原则强,再要求,再纠缠,他怒啦:"你想谁都跟你一个样?那太阳还怎么天天照常升起来!"

好无趣,自己玩。玩购物玩种草,玩喝茶玩手机。丢一个,落一个,哭着鼻子抹抹泪儿,先生说:"算了算了,只要人没走丢就算好,想换手机,何必这样做!"又买一款最新式。唉,先生和我不一样,破涕为笑很惭愧。想起来先生丢掉一张钞,张牙舞爪要吞掉他,状如大大的母夜叉。不好意思羞答答,玫瑰悄悄来了花:"老公你真好,不像我的觉悟低——资金白白丢失就殴你……"先生得理不饶人:"下回还敢不敢再造次?"

做小绵羊状，乖乖地缴械又投降——因为，摸一下左口袋，再摸一下右口袋，手机，好像又不翼而飞啦……

败家的女人啊！以为先生叫嚷嚷挥拳头，没承想，直走，左转，45度角往上瞧——书柜的顶上，备用已经安放好了。于是，嘚瑟："我说手机咋老掉呢，原来后面有新手机撑得！""你以为手机穿着鞋哪！败家女人，小心。""你抽我吗，老公？""小心，别再掉了！——再掉了，再买。"

春风吹，春花开，先生和我不一样。

夏天来了，天气那么热气腾腾的。

我先回到家。满脸的汗从外面回到家里，切了西瓜吃半拉。瓜好吃，挖着吃，哪里最甜哪开勺，左一勺右一勺。一会儿瓜心挖完了，抹抹嘴巴，吃饱了，还剩好多残水与瓜瓤。推开西瓜去上网，左聊聊西看看，等着先生回来把饭做。

先生回家先做饭，饭做好了，大声唤："饭好了，吃饭了！"磨磨蹭蹭不落座，先生终于生气了："饭好了，还不吃，What are you——弄啥哩？""闲着无聊上网哩！"

烈日炎炎如流火。先生下班先到家。带着一只大西瓜，洗洗切开了，他也吃半拉，挖呀——跟我一样吧？

唉，先生和我不一样——他不喜欢吃瓜心。究其原因，太甜了。他从边上开始吃，浅一勺，深一勺，吃到最后像是吃出了中国的海南岛，一圈吃完了，剩下瓜中央。另一半西瓜贴上保鲜膜放进冰箱里，洗洗手开始备午餐。瓜端上，茶泡好，餐饭一盘一碗盛放餐桌上。

桂子飘香的时候，我们生了宝宝。先生的丈母娘看着我和宝宝，发愁地给他说："孩子，你的日子可咋过呢？又要上班，还要照顾他们俩……""没事,他能量大。"我搂着宝宝冲他的丈母娘挤眼睛。先生的丈母娘居然落泪了:"孩子,妈对不起你!她生了孩子咋还这个样?"先生屁颠屁颠地给他丈母娘递纸巾:"妈,你可别这么说啊!我这样多受锻炼啊,这领一个也是过,领两个少年儿童,不是更有成就感嘛!啥时候能赶一群才好呢!"他的丈母娘扑哧就笑了:"孩子,你真以为这是赶羊呢?"

有一天,我带着宝宝去闺蜜家,深更半夜没回来,原因是宝宝在她家睡着了,我们想多说会儿话。先生这边百爪挠痒痒一般,坐立不安,一会儿一通电话……闺蜜就说了:"怪不得你总说你和你先生不一样,你俩就是不一样,你总是淡定得不行,你先生怎么这么不淡定呢?"正说着,先生居然进门来了,他接腔道:"好不容易养这俩宝,都在你家,我淡定得了吗?宝不外显,赶紧接走!"我心里笑,我淡定是我知道先生会来寻宝。是吧,先生和我不一样。

冬天,雪花一朵一朵飘,就像日子一个一个过下来。

有一天,我发现,宝宝爱吃什么我会做什么,从小时候的蒸鸡蛋羹、炖鱼汤,到后来的西红柿炒鸡蛋、孜然羊肉、煎鳕鱼……我发现,我怎么这么会做荤菜,还全是孩子爱吃的!

有一天,我发现,先生最拿手的菜全是素菜,什么蒸槐花、焯青菜、爆炒菜芯、素三蒸、荷塘月色……"我发现——"我正要发布新闻,先生说:"发现什么发现?我做的这些还不都是你爱吃的嘛!"

哦,就是啊,先生和我不一样!

可是啥一样呢?我对着微信刷屏,不由自主地念出来:"幸福的家,是爸爸爱妈妈。"孩子听到了,不同意,他朗声说:"说得不对!——幸福的家,是互相爱!"先生笑:"看,这才是正确答案。"

我又发现了，我、先生、孩子，一家人碗里的饭菜是一样的，我把给孩子煎炒的鱼和肉夹先生碗里，先生把为我蒸焯的素菜夹孩子碗里，孩子是既夹鱼又夹肉还夹青菜，放进我和先生的碗里。

我反省地问先生："我好像没有你对家庭做得那么好哦？"先生说："有这个态度就一样好哦。""这一生请多多关照！"我依然用微信朋友圈的标题说话，正在看《图腾》书籍的先生头也没抬随口答："爱你们是我的图腾！"孩子一旁接口："What are you——说啥哩？一家人互相爱是幸福哩！"

是哦是哦，先生和我不一样，是因为他把爱当图腾。学先生，找差距，岁月里，把爱当图腾。爱是岁月的图腾。

美好结局

（代跋）

静静地不要说

你看那条风景线

静静地

不要说

你看那条风景线

静静地

不要说

你看

那条风景线

静静地

静静地
不要说
不要说
你看
看那条
风景线